Hubert Pöschl

# An der Schattenseite des Lebens

### Ein Kind als Zeitzeuge

### Die dunkelsten Jahre unseres Jahrhunderts

AF219031

Bibliografische Information der Deutschen Nationalbibliothek:
Die Deutsche Nationalbibliothek verzeichnet diese Publikation in der
Deutschen Nationalbibliografie; detaillierte bibliografische Daten sind
im Internet über http://dnb.dnb.de abrufbar.

Herstellung und Verlag: BoD – Books on Demand, Norderstedt

ISBN: 978-3-756-81847-1

Meinen Großeltern, Emma und Emil Holub,

in Dankbarkeit gewidmet

## ... **Wir sind nur Staub**

Der Menschen Tage in wie Gras
Er blüht wie die Blume des Feldes.
Fährt der Wind darüber, ist sie dahin;
Der Ort, wo sie stand, weiß von ihr nichts mehr.
Doch die Huld des Herrn währt immer
Und ewig für alle,
die ihn fürchten und ehren ...

*Psalm 103, Vers 4 - 17*

.... „Wer von euch ohne Sünde ist,
werfe als erster einen Stein auf sie."

*Johannes, 8. Kapitel, Vers 7*

# Inhalt

# Vorwort

Das vorliegende Buch mit seinen 28 in chronologischer Reihenfolge angeordneten Erzählungen bildet den ersten Teil meines Lebensberichtes, in dem ich meine bis heute noch überaus intensiven Erinnerungen an meine harte Kindheit wahrheitsgetreu verarbeitet habe. Diese Erzählungen, teils tragischer, teils humoristischer Natur, berichten nicht nur über meine schwere Kindheit vor dem bedrohlichen Hintergrund des Zweiten Weltkriegs und der entbehrungsreichen Nachkriegsjahre, sondern geben auch Zeugnis von der menschlichen Tragödie meiner Mutter und dem langsamen und unaufhaltsamen Niedergang und Verfall einer einst geachteten Bauernfamilie. Zugleich spiegelt dieses Buch die bewegte Vergangenheit meiner Heimatstadt Gloggnitz in den dunkelsten Jahren unseres Jahrhunderts wider. Darüber hinaus kommen den in diesem Buch geschilderten Menschen und Ereignissen allgemeingültige Bedeutung zu, denn es beschreibt Menschen und deren tragische Schicksale im Schatten eines mörderischen und menschenverachtenden Krieges.

Ich danke für die Unterstützung, die ich bei meinen zeit- und arbeitsaufwendigen Recherchen im Stadtarchiv Neunkirchen sowie im Österreichischen Staatsarchiv in Wien erhalten habe. Weiters bedanke ich mich für die Unterstützung durch die Raiffeisenkasse Gloggnitz und die Gemeinde Gloggnitz.

Dr. Hubert Pöschl

# Der Schritt ins Dunkel

Aus dem Traum meiner Kindheit formen sich bruchstückhaft erste Erinnerungen: Auf dem Topf sitzen müssen. A-A machen müssen. Beschmieren der Küchenmöbel mit dem Inhalt des Topfes. Schläge und böse Worte von meiner Mutter.

Das Bild zerfließt und ein neues steigt empor aus dem Dunkel meiner frühesten Kindheit.

Ich erwache in einem engen, stickig heißen Zimmer. Fremder, beunruhigender Geruch umgibt mich. Ich bin allein, habe Angst und beginne zu weinen. Plötzlich steht im halbdunklen Raum mein Vater an meinem Bett. Seine starken Hände umfassen mich und heben mich empor. Seine beruhigenden Worte erfüllen mich mit einem Gefühl tiefer Geborgenheit...

Letzter Fronturlaub meines Vaters. Es ist Nacht. Stimmen reißen mich jäh aus tiefem Schlaf empor. Hände streicheln mich. Ich verspüre das Kratzen von Bartstoppeln im Gesicht, und in der Wärme und Zärtlichkeit zweier naher, liebender menschlicher Körper schlafe ich beruhigt weiter....

Einige Monate später. Wir Kinder spielen im Hof. Ein Fenster wird aufgestoßen, und das schmerzverzerrte Gesicht meiner zwanzigjährigen Mutter erscheint im Fensterrahmen. „Hubert! Dei Papa is g'foin!" schreit sie – immer wieder – gellend in die Weite des von hohen Mauern umgebenen Hofs. Zwei ältere Frauen versuchen, sie mit all ihrer Kraft – jedoch vergeblich – zurückzuhalten und ihre ins Fensterholz verkrallten Finger davon loszulösen. „Warum g'rod er? Warum er?" schleudert sie in hilflosem Schmerz und ohnmächtiger Wut der erschreckt im Spiel innehaltenden Kinderschar entgegen.

*Die Eltern des Autors, Hilda und Klemens Pöschl*
*Hochzeitsfoto aus dem Jahre 1936*

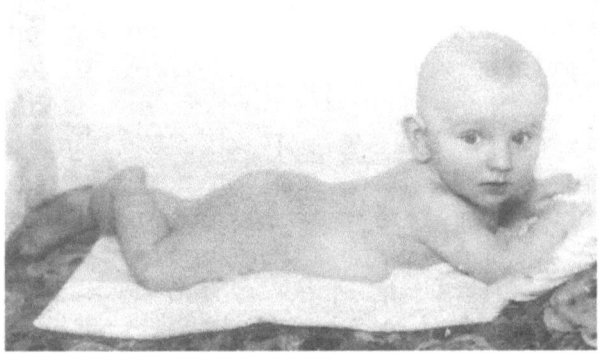

*Der Autor im zartesten Windelalter*

Schließlich gelingt es ihrer pausenlos beruhigend auf sie einredenden Mutter, sie trotz heftiger Gegenwehr ins Dunkel des Raumes zurückzuziehen. Das Fenster wird geschlossen. Jetzt, da das Alptraumhafte der Situation wie ein unwirklicher Spuk vorbei ist, kommt wieder Leben in die kleinen verdutzten Zuhörer. „Host g'heat? Dei Papa is g'foin", sagt eines der älteren Kinder zu mir. „Hm. - Spü ma weida", sagt ein anderes. Und sie hetzen weiter durch den staubigen Hof, in dem ein vierjähriger Knirps allein zurückbleibt....

Draußen wird es dunkel. Meine Mutter sitzt am Küchentisch. Sie hat ihren Kopf in beide Hände vergraben und schluchzt. Eine Küchenuhr tickt unermüdlich in die unendliche Trauer der langsam verrinnenden Zeit. Ein Fahrrad liegt auf dem Küchenboden. Ich beginne das Hinterrad zu drehen und drehe weiter, weiter, immer weiter.... Manchmal wird das Schluchzen meiner Mutter zum Winseln; und ich drehe das Hinterrad weiter, weiter, immer weiter....

Draußen wird es Nacht....

Eines Tages kommt ein hochgewachsener, schlanker, alter Mann die Stiege unserer Kellerwohnung herab. Er hält einen Blumenstrauß in seiner Rechten und lächelt meiner Mutter zu. Ohne mich zu beachten, umarmt er sie zärtlich....

Die Mutter mit 21 Jahren

Josef Rath, der Stiefvater

Zehn Monate nach dem Tode meines Vaters in Russland heiratet meine Mutter diesen stets freundlich lächelnden Fremden, den alle Herr Rath nennen; manchmal auch den „Wilden Grafen" oder den „Herrn Baron", wenn sie sich tuschelnd über ihn unterhalten und glauben, von mir nicht gehört zu werden. Am Hochzeitstag, es ist ein heißer Augusttag, stehe ich allein in unserer verlassenen Kellerwohnung. Das fröhliche Lärmen weniger Hochzeitsgäste ist aus einem Raum im ersten Stockwerk zu hören.

Herabbröckelnder Verputz, leere Flaschen und Gläser liegen an einer kahlen Wand unserer bereits geräumten Wohnung. Wieder ertönen lautes Lachen und Tanzmusik aus einem offenen Fenster im oberen Stockwerk. In meiner stummen Wut und einsamen Trauer zerschmettere ich langsam und voll Genuss ein Flasche nach der anderen und ein Glas nach dem anderen an der immer mehr zerkratzt aussehenden Wand unserer leeren Wohnung....

Nach der Hochzeit übersiedeln wir in einen außerhalb der Stadt gelegenen stattlichen Bauernhof; aber erst, nachdem eine ältere, dem Bauern jahrelang ergebene Haushälterin der über sie triumphierenden jungen Frau gewichen ist. Verbittert räumt die Ältere jenen Platz, den sie jahrelang als den ihren erhofft hat. Aber schon nach kurzer Zeit fallen die ersten Schatten auf diese frisch geschlossene Partnerschaft, die ein Altersunterschied von fast zweiundzwanzig Jahren trennt und die hauptsächlich durch Eitelkeit und Geldgier zusammengehalten wird.

Immer häufiger prallen grundverschiedene Meinungen unversöhnlich aneinander, immer öfter werde ich durch zerbrechendes Geschirr und durchdringendes Geschrei am Morgen geweckt. Krachend fallen Türen ins Schloss, und das keifende Gezänk zieht sich von der Küche in den Hof, von dort in die Stallungen und meistens wieder von den Stallungen in die Küche zurück....

Nach einem heftigen Wortwechsel zwischen meiner Mutter und meinem Stiefvater höre ich die Worte „I geh zum Rechtsanwalt und loß mi scheid'n. Den Hubert nimm i mit!" Mir wird hastig meine Joppe angezogen, deren Ärmel viel zu kurz sind. Dann reißt mich meine Mutter an ihrer Hand ungeduldig die Stiegen hinunter und durchs weit geöffnete Hoftor hinaus. Ich kann nicht Schritt halten mit ihr. Erregt zieht sie mich hinter sich her. Aber wir kommen nicht weit, denn der mir stets fremd Gebliebene holt uns mit einigen raschen Schritten ein, drängt uns durchs Tor zurück, presst meine Mutter heftig an die weiß gekalkte Hofmauer und redet auf sie ein; unentwegt, aufgeregt, beschwichtigend. Meine rechte Hand liegt in der linken meiner Mutter, festumschlossen wie in einem Schraubstock. Ich spüre ihr Zucken. In meiner linken Hand befindet sich die Handtasche meiner Mutter. Unsicher, halb zögernd beginne ich damit auf den Fremden einzuschlagen. Aber es kümmert ihn nicht. Mutters Hand erschlafft langsam. Sie lässt mich los; wendet sich ihm zu; seine Hände werden zärtlich. Mechanisch schlage ich weiter mit Mutters Handtasche auf ihn ein....

Ein Sonntagnachmittag. Die Mägde und der Knecht haben Ausgang. Vereinsamt liegt der Bauernhof in der Nachmittagssonne, und das Gelb der Schlüsselblumen leuchtet im unendlichen Grün der Wiesen. „Mia rost'n uns nua aus, Hubert. Daun moch ma an Besuch bei da Oma. Geh Himmischliss'l brock'n fia sie." Ich pflücke einen Strauß und noch einen zweiten und kehre dann zum Hof zurück. Was werden die sagen, wenn ich ihnen meine Blumen zeige? Aber das Hoftor ist verschlossen, niemand öffnet mir. Nichts rührt sich im Inneren des Hauses, nur die Rinder brüllen und stampfen im Stall. Lange sitze ich im Gras vor dem verschlossenen Hoftor. Die Himmelschlüssel hängen längst schlaff in meinen Händen. Enttäuscht werfe ich langsam eine Blume nach der anderen in den Straßenstaub der Hofzufahrt....

„Hubert, leg an Zucka ins Fensta! Daun kummt vielleicht da Stoach und bringt dia a Briadal." Zeit der Erwartung und Freude für mich. Wenn ich ein Brüderchen bekomme, dann bin ich wenigstens nicht mehr so viel allein! Von einem Schwesterchen wird eigenartigerweise nie gespro-chen.... Eines Tages tauchen die Hebamme und der Doktor am Hof auf, und ein geschäftiges Treiben beginnt. Ich sitze allein am großen Bauerntisch – viele Stunden lang; niemand redet mit mir – rundherum nur besorgte Gesichter. „Da Beirin geht's schlecht! Sou vü Bluat valur'n! Zwülling!" Mutter bleibt viele Tage verschwunden, und ich liege allein in meinem kleinen, dunklen Zimmer, weit weg von ihrem. Warum kommt sie nicht? Beim Einschlafen lausche ich dem Zirpen der Grillen; bei Tag erforsche ich – mir selbst überlassen – den geheimnisvoll duftenden Heuboden mit seinen riesengroßen, langbeinigen Spinnen, jage aufgeregt gackernde Hühner im Hühnerhof, durch-streife den nahegelegenen Wald und sitze stundenlang allein in phantasievoll gebauten Baumhäusern....

Seit der Geburt der Zwillinge hat sich eine besonders stark ausgeprägte Charaktereigenschaft meiner Mutter, der Jähzorn, verstärkt. Es ist Frühstückszeit. „Trink die haße Müch, damit'st groß und stoak wiast." Aber ich trinke warme oder heiße Milch nur sehr ungern. Daher lasse ich mir Zeit. Dann nippe ich lustlos an meinem widerlich schmeckenden Getränk. Warte wieder lange – sehr lange – zu lange. Da reißt meiner Mutter die Geduld. „Sauf d' Müch aus oder i prack dia ane, dass't mit'n Gfrieß aun da Maua pickst! Sauf!" Mit winselndem Greinen be-ginne ich die bereits erkaltete Milch widerwillig zu schlürfen. Da trifft mich ein starker Stoß. Ich falle zu Boden. „I wea dia geb'n! Du Gfrieß, du elendig's! D'Müch net sauf'n und daun nou plärr'n! I wia da geb'n!" Ihr beschuhter Fuß hebt sich und tritt auf meine Brust. Ein stechender Schmerz durchzuckt mich. Mein spitzer Schrei geht in ein gedämpftes Winseln über. Da will sie noch-mals zutreten. Sie hebt ihren Fuß. „Hea auf! Du bringst ihn jo nou um und kummst ins Kriminäu", sagt mein Stief-vater unwillig. Da zieht sie ihren Fuß zurück. Weinend liege ich am Boden. „Warum hat sie mich getreten? Und vor ihm noch dazu? Warum? Ich mag sie doch so!" Getreten werden – eine der frühesten Erinnerungen meiner Kindheit....

Immer öfter taucht in den Erinnerungsfetzen aus dieser Zeit die Gestalt meiner Großmutter auf. In einer idealen Mischung aus Diplomatie, Resolutheit, Güte, Menschen-kenntnis aus Instinkt und intuitivem Erfassen schwieriger menschlicher Situationen gelingt es ihr, die die über-stürzte Ehe ihrer Tochter mit allen ihr zu Gebote stehen-den Mitteln zu verhindern suchte – allerdings ohne Erfolg – die gröbsten Risse in der spannungsgeladenen Lebens-gemeinschaft, die durch ein Kind aus erster Ehe belastet wird, oberflächlich zu kitten. Sie kennt den schwierigen Charakter und die Labilität ihrer Tochter nur zu genau, um zu wissen, dass eine Scheidung innerhalb kürzester Zeit unweigerlich in eine dritte Eheschließung einmünden würde, deren katastrophale Auswirkungen sich als unlenk-bar erweisen könnten. So zwingt sie mit blutendem Her-zen ihr einziges Kind, die Ehe mit dem verhassten Ehe-mann weiterzuführen – in einem jahrzehntelangen uner-bittlichen Kampf der Geschlechter Strindberg'scher Prä-gung, der in der physischen Vernichtung des Mannes und in der geistigen, seelischen und körperlichen Zerstörung der Frau sein grausames Finale finden wird. Doch kehren wir daher wieder zurück zu jenem Zeitpunkt meiner Ent-wicklung, der mein Leben entscheidend verändern soll-te....

# Mein Auszug aus Ägypten

*Hochsommer 1942* – Die letzten Strahlen der unter-
gehenden Sonne vergolden die Spitzen der Gräser vor mir,
auf denen ein winziges Marienkäferchen sanft im Abend-
wind schaukelt. Nur mit einer Lederhose bekleidet, die bereits den fettigen Glanz des Alters angesetzt hat, verfolge
ich gebannt alle Bewegungen des zierlichen Tieres vor mir,
ohne auf die Stimmen zu achten, die – immer lauter
werdend – die abendliche Stille vom Küchenfenster her zu
durchschneiden beginnen. In einer Mulde vor dem Fenster
liegend, kann ich alle Gespräche mitverfolgen, ohne selbst
gesehen zu werden. Es sind die Stimmen meiner Mutter
und meiner Großmutter, die zu mir ins ungewollte und
luftige Versteck herüberklingen. Schneidend aggressiv die
meiner Mutter, gütig beschwichtigend die meiner Großmutter.
„Wos büd'st da ei! Den Buam hergeb'n? Kummt dou goa
net in Frog! Schlog da deis aus'm Koupf!" „Owa Hilda",
klingt es beschwichtigend zu mir herüber. „Niemaund wü
dia den Buam wegnema. Owa deis muaßt jo söwa eisegn,
daß sou net weidagei kau mit eam. Da Hubert vawüdert jo
nou gaunz do heroum. Du host ka Zeit fia eam, weust di
vui und gaunz den Zwüllingen widmen muaßt. Deis siach i
jo vuikummen ei. Owa sigst denn net ei, daß da Bua vom
Klemens wira wüde Ruam do heroum aufwoxst, und
waun's sou weidageht, hexstens an Knecht aum Bauernhouf wiad o'geb'n kenna – und sunst nix. Wos deim Sepp
natirli recht wa. Jo wüst denn deis wirkli? Deis samma dem
Klemens schuidich, du und i, daß sei Kind net gaunz va-
wüdat. Waunn's da recht is, nimm i den Hubert mit noch
Glouggnitz owi, damits du a bißl entlostet bist. I kum eh
jed'n Tog aum Bauernhouf auffa. Do kaunn da Hubert
mitkumma, und du sigst eam jed'n Tog." Längere Stille.

„Sei vanünftig, Hilda. I man's nua guat mit dia und mit'n Buam. Niemaund wü eich zwa ausanaunda reiß'n. I wü dia jo nua höff'n." Längeres Schweigen. Dann etwas gemilderter im Ton die Stimme meiner Mutter: „Waunnst manst, daß deis beissa is, kennt ma's jo amoi probian." Und wieder schärfer werdend: „Owa s'Kind bleibt net gaunz bei dia. Da Hubert kummt wieda auffa aum Bauernhouf." Und mit größerer Betonung hinzufügend: „Waunn i wü!"

Danach fallen beide Stimmen wieder in den normalen Gesprächston zurück, und meine Aufmerksamkeit beginnt zu wandern. Das Marienkäferchen ist inzwischen den Halm herabgeklettert und versucht zu entkommen. Hastig reiße ich einen Grashalm ab und beginne damit, den kleinen Ausreißer mit den schwarzen Pünktchen wieder den Halm hinaufzumanövrieren. Nur widerwillig gehorcht es den Anordnungen einer höheren Gewalt. Immer höher strebt es den Rispen zu. An der Spitze angekommen, breitet es die Flügel aus und fliegt davon. Beeindruckt von den zielstrebigen Versuchen des winzigen Tierchens, mir zu entkommen, gewähre ich ihm diesmal großzügig die Flucht und fühle mich gut in meiner unerwarteten Großzügigkeit.

Am nächsten Morgen werde ich vor Sonnenaufgang liebevoll wachgerüttelt. „Hubert! Steh auf! Ziach di au. Kaunnst mitgei mit mia, waunnst wüst." Rasch schlüpfe ich in mein einziges Kleidungsstück, meine Lederhose. Ohne Hemd und barfuß folge ich meiner Großmutter die Stiegen hinunter und zum Tor hinaus. Ohne Abschied zu nehmen von irgendjemandem. Kein menschlicher Laut ist zu hören am Hof, nur das hungrige Vieh brüllt dumpf und ungeduldig fordernd in den Ställen. Unruhig ist sein Stampfen im engen Pferch. Kettengerassel durchdringt die morgendliche Ruhe. Das Zufallen der Hoftür bringt das gesamte Schweinevolk in Aufruhr. Grunzend und quiekend macht es sich bemerkbar, denn die Fütterungszeit ist nahe. Mit zielstrebigen Schritten gehen wir in den kühlen, taufrischen Sommermorgen hinein, über das Bächlein vor dem Haus, die staubige Straße entlang, beim Roten Kreuz vorbei, wo Christus mit seiner morschenden Dornenkrone im Halbdunkel seines hölzernen Verschlages noch zu schlummern scheint.

Unser Weg führt durch die Asinger Felder hindurch, wo der Altbauer mit seinen Ochsen soeben frisch gemähtes Gras auf einem rasselnden Leiterwagen nach Hause führt. Hinter ihm schiebt sich blutrot der riesige Sonnenball langsam am Horizont empor und übergießt Landschaft, Mensch und Tier mit gleißendem Licht. Kurz hebt der Altbauer zur Begrüßung die Hand, und hell tönt sein Morgengruß über die Wiesen zu uns her. „Jo, wos moch'ns denn sou zeitlich mit dem Buam, Frau Holub? Gengan's leicht goa auf'd Roas mit eam?" „Aus-zug aus Ägypten ins Gelobte Land", antwortet meine Großmutter mit lauter Stimme, indem sie mit dem Kopf auf mich deutet. Erleichterung schwingt in ihrer Stimme mit. „S' woa a hoata Kaumpf, Herr Osinga, owa durchg'stand'n is", fügt sie zum Abschluss hinzu. Ohne einen Kommentar vom Asinger Bauern abzuwarten, dem in der Schnelligkeit auch kein passendes Wort zum Bibelbezug

*Emma Holub, die Großmutter des Autors*

*Die bereits schwer beschädigte Christusfigur des Rath Kreuzes (Roten Kreuzes) vor ihrer zweiten Restaurierung im Jahre 1997*

einfällt, wendet sie sich kurz entschlossen von ihm ab. Ihr Schritt beschleunigt sich, und ich versuche Schritt zu halten.

Zu Hause angekommen werden Brot, Butter, Kuchen und ein dampfendes Getränk aufgetragen und liebevoll serviert. Erstaunt und ungläubig blicke ich auf die Fülle der Speisen und den reinlich gedeckten Tisch. Unsicher und zögernd greife ich zu und falle schließlich hungrig über das Frühstück her, das innerhalb kurzer Zeit in einem bodenlos zu sein scheinenden Bubenmagen verschwindet. Einige Male gibt es Nachschub, dann aber erklärt Großmutter energisch, aber mit viel Verständnis in ihrer Stimme: „Sou, jetzt heast owa auf zum Ess'n, Bua, sunst schbeibst di goa nou au." An diesem denkwürdigen Vormittag ersteht sie für mich ein Hemd, Socken und ein Paar Schuhe, die ich sogar anziehen muss. Und das mitten im Sommer! Wo ich doch bis dahin in dieser Jahreszeit immer ohne diese lästigen Kleidungsstücke auskommen musste! Aber die gütige Entschlossenheit meiner Großmutter lässt mir keine andere Wahl.

# Im Gelobten Land

In Ermangelung eines freien Bettes in der sehr einfach eingerichteten kleinen Wohnung meiner Großeltern bekomme ich meinen Schlafplatz zwischen ihnen in den für meine Begriffe riesigen Ehebetten zugewiesen, wo ich mich, von zwei gewaltigen Tuchenten flankiert, beschützt und geborgen fühle.

Eine unbeschwerte Zeit bricht an, die ich im Garten meiner Großeltern verbringe, wo sie sich unter unsäglichen Mühen und Strapazen ein kleines Eigenheim zu errichten versuchen. Monatelang arbeiten meine Großeltern unter Einsatz all ihrer Kräfte an der Aushebung der Grundfeste. Sie werden dabei nur von ein oder zwei Arbeitern unterstützt, deren Versorgung mit Essen sich in der Endphase des Krieges – erschwert durch die Einführung der Lebensmittelkarten – als besonders schwierig erweist. Für mich und die Arbeiter ist der Tisch immer gedeckt, während meine Großeltern meist leer ausgehen. In solchen Fällen legen sie immer einen „Obsttag zum Abspecken" ein.

Trotz reichlicher Arbeit gibt es jedoch immer Zeit für mich und meine kleinen und großen Sorgen. Meine vielen Fragen finden immer eine Antwort zwischen diversen Erdarbeiten. Obstbäume werden von mir bestiegen, Erdbeerbeete geplündert, nach schönen und interessant aussehenden

Steinen wird gesucht, und Sandburgen werden gebaut und wieder zerstört. Eingebettet in eine liebevolle Umgebung dringe ich voll Begeisterung bis zu den Grenzen meiner Phantasie vor. Ästchen werden zu furchteinflößenden Drachen, Hagebutten zu edlen Rittern, Steine zu drohenden Ungeheuern, wucherndes Unkraut am Gartenzaun zu dichten Dschungelwäldern und ein winziger Regenwurm zur Riesenschlange...

Und meine lebhafte Phantasie erhält immer wieder neue Nahrung aus den unzähligen Sagen, Legenden und Märchen, die mir aus dem Mund meiner Großmutter eine mir bis dahin völlig unbekannte neue Welt erschließen. Während Großvater, breitbeinig am Küchentisch sitzend, mit besorgter Miene die allerneuesten Frontberichte im neu erstandenen Prunkstück eines Volksempfängers der Dreißigerjahre verfolgt, der vor ihm auf dem Küchentisch steht – was meine Großmutter des öfteren zur Bemerkung veranlasst: „I tat hoit glei einikräun in's Kastl, Emil, damit'st ois bessa heast" – lausche ich, auf dem Schoß meiner Großmutter sitzend, mit fragenden Augen und brennendem Herzen aufmerksam ihren aufregenden Berichten von Kaisern und Königinnen, von herzensguten Jungfrauen und blutrünstigen Räuberhauptmännern. Großmutter lässt immer nur herzensgute Jungfrauen in ärgste Not und Bedrängnis geraten, andere Frauentypen scheinen ihrer Erzählkunst nicht würdig zu sein. „Vielleicht geraten Frauen, die keine herzensguten Jungfrauen sind, nie in solch aufregende Situationen", denke ich bei mir.

Freilich verlieren Geschichten, in denen immer nur herzensgute Jungfrauen vorkommen, mit der Zeit an Spannung, aber nach meinen geschichtenlosen Jahren am Bauernhof denke ich mir: „Besser noch herzensgute, wenn auch langweilige Jungfrauen als gar keine Geschichten." Während Großmutter ihre Geschichten erzählt, halten ihre starken

*Emil Holub, der Großvater des Autors*

Arme mich fest, und ihr gewichtiger Oberkörper bewegt sich dabei in einem wiegenden Rhythmus, von dem etwas ungeheuer Beruhigendes ausgeht. Langsam beginnen mir die Augen zuzufallen, und ich gleite ins Reich meiner Träume:

Nur allzu oft werden ihre lichten Flüge abgelöst vom dumpfen Gefühl der Einsamkeit und Angst. Eine alte Brettertür des Bauernhofs öffnet sich lautlos und langsam. Steinstufen führen hinab in ein grauenhaftes Dunkel, aus dem polypenartig die Arme des Bösen nach mir greifen und mich in einen alles verschlingenden schwarzen Strudel hinabziehen.

Völlig gelähmt und widerstandslos muss ich es an mir geschehen lassen.

Mit einem gellenden Schrei und schweißgebadet erwache ich jedes Mal. Beruhigende Worte, Streicheln, wohlige Wärme, seliges Umfangen und ermattetes Hinübersinken befreien mich von seelisch-geistiger Qual. Es ist immer wieder der gleiche Traum, der mich Nacht für Nacht peinigt .... monatelang .... jahrelang .....

## Erste Freunde

In den ersten Monaten meiner Anpassung an die mir so ungewohnte neue Umgebung sitze ich oft stundenlang auf den Stufen, die zur Wohnung meiner Großeltern hinaufführen und beobachte mit sehnsüchtigen Blicken die Nachbarskinder beim Spiel im geräumigen Hof. Wie gerne würde ich mich daran beteiligen, wenn nicht die Angst, mich vor den Augen aller bloßzustellen und lächerlich zu machen, und meine Scheu und Schüchternheit mich daran hinderten. So ersehne ich mir zwar Zweisamkeit, bin jedoch unfähig, das langerträumte Glück selbst herbeizuführen. Auch den Erwachsenen gelingt es nicht, etwas an dieser für mich so quälenden Situation zu ändern. Und die Kinder – die nehmen von mir überhaupt keine Notiz, denn sie haben Wichtigeres zu tun, als sich mit so einem „faden Zipf" abzugeben. Die Initiative müsste von mir selbst kommen.
Doch eines Tages geschieht ein kleines Wunder. Es ist ein sehr heißer Sommertag, und eine große Schar Kinder verschiedener Altersstufen tummeln sich mit hektischem Geschrei im staubigen Hof. Wieder sitze ich als stiller Beobachter abseits auf dem für mich bereits gewohnten Platz. Wieder einmal hat eines der Kinderspiele seine Faszination verloren, und wieder einmal ist man auf der Suche nach einem neuen. Wie üblich werden Vorschläge lauthals vor-

gebracht und ebenso lautstark wieder verworfen. Schließlich einigt man sich auf das Vater-Mutter-Kind-Spiel, wohl in der trügerischen Hoffnung, bei der heiß umkämpften Rollenverteilung prestigeträchtige Respektspositionen erzwingen zu können. Dies geht mit viel Gebrüll und großer Enttäuschung und Ärger vor sich. Nachdem man in Anbetracht der großen Kinderschar die „Wahlfamilie" bis in die dritte Generation sowohl mütterlicherseits als auch väterlicherseits hat besetzen können, bleibt nur noch die Rolle des Haushundes unbesetzt. Aber nicht aus Mangel an Spielenden, denn derer gäbe es schon noch einige. Die Jüngsten, versteht sich! Doch diese weigern sich unter Vorbringung aller möglichen Argumente – und unter lautem Geschrei – das „schwanzwedelndes Etwas" im trauten Familienverband mimen zu wollen. Es sieht fast so aus, als müsste die liebe Kinderfamilie diesmal auf das wuffende Wesen mit dem treuen Dackelblick verzichten. Kurze Beratung der Ältesten – Köpfe werden zusammengesteckt – Tuscheln, fragende Blicke in meine Richtung.
Und ehe es sich die Jüngsten noch einmal überlegen können, schreitet Adi, der Älteste, bereits mit großen Schritten auf mich zu und stellt mir die Frage: „Mogst vielleicht mitspün? Den Hund hätt ma nou iwrig!" Da ich mir der Bedeutung dieses Augenblicks sehr wohl bewusst bin – und ich mir außerdem eine gerade noch rollendeckende Leistung für diese Hundepartie zutraue – nicke ich kurz, wobei mir das Herz vor freudiger Erregung bis zum Hals klopft. Unter den teils mitleidigen, teils spöttischen Blicken aller Umstehenden werde ich in den Verband der lieben Kinderfamilie – natürlich nur auf Probe – aufgenommen. Aber in diesem Augenblick höchster Bewährung vergesse ich alles, sogar meine Scheu und Angst, und hetze unaufhörlich auf allen Vieren und mit heraushängender Zunge durch den Hof, rolle mich hingebungsvoll jaulend im Staub des Hofes,

*Der Autor im Alter von vier Jahren*

belle so laut und ausdruckstark und winsle so herzzerreißend, dass die Erwachsenen mit teils verwundertem, teils besorgtem Blick in den offenen Fenstern erscheinen, um die Lage im Hof kurz in Augenschein zu nehmen. Mein erstes Auftreten als Haushund ist jedenfalls so überzeugend, dass meine neu gewonnenen Freunde in Hinkunft, wenn ich nicht greifbar bin, auf das Vater-Mutter-Kind- und HUND-Spiel verzichten, da die so bedeutend gewordene Rolle des Haus- und Hofhundes ja nicht rollendeckend besetzt werden kann.

# Das Kasperltheater

Zu Weihnachten beschert mir das Christkind – nebst Trittroller, Polizistenhelm und Minitrompete – ein Kasperltheater. Mir gehen die Augen über, als ich es unterm Christbaum stehen sehe. Ungläubig bestaune ich die farbenprächtigen Kulissen sowie die überaus phantasievoll gekleideten handgeschnitzten Puppen aus Holz – das Werk meiner Großeltern. In monatelanger Arbeit haben sie trotz aller übrigen Belastungen – mich eingeschlossen – mit eigenen Händen diese ungewöhnliche und zeitaufwändige Weihnachtsfreude fertiggestellt. Großvater gibt die erste Vorstellung; Großmutter und ich sind das aufmerksam lauschende Publikum in der ersten Reihe. Von all den Holzpuppen faszinieren mich der Kasperl mit seiner krummen Nase und dem schelmischen Blick sowie der in schwarze Seide elegant wie ein Lord gekleidete Teufel am meisten.

Meine ersten schüchternen Spielversuche finden im stillen Kämmerlein statt; aber schon bald danach präsentiere ich sie als Premiere im Hinterhof einer von keinerlei Massenmedien verwöhnten Kinderschar. In den darauffolgenden Wochen und Monaten balgt man sich um die besten Sitze vor dem Theater und um den begehrten Platz dahinter, wobei sich die Schneider Hilda aus dem Trimmelhaus gegenüber durch ihr imponierend schlagfertiges Mundwerk und durch ihr noch eindrucksvolleres schlagkräftiges Auftreten immer die besten Plätze erkämpft. Mit einem Schlag bin ich „in" – ja, man buhlt sogar um meine Gunst. Immer mehr Kinder strömen zu den täglichen Vorstellungen, die am Spätnachmittag im hintersten Teil des Hofes in der Nähe des stinkenden offenen Hauspissoirs und einiger wackeliger hölzerner Plumpsklos stattfinden; was aber keines der Kinder auch nur im mindesten stört. Selbst dann nicht, wenn – trotz aller aufdringlichen Latrinengerüche- und -geräusche – das zarte, im Schlossgarten lustwandelnde Edelfräulein in blumenreicher Sprache von den „süßen Düften" schwärmt oder die „sanft säuselnden Winde" preist.

Mit der Häufigkeit der Vorstellungen nimmt auch das Verlangen des Publikums nach immer haarsträubenderen Stücken und aufwändigeren Kulissen zu. Vor dem Einschlafen denke ich mir daher, unterstützt von den Vorschlägen meiner erfinderischen Großmutter, die ungewöhnlichsten Theaterstücke aus, die ich am nächsten Tag im Hinterhof aufführe, wobei ich die gemalten Kulissen immer öfter durch echte Naturszenerie ersetze. Der Bühnenrealismus meiner Inszenierungen geht sogar so weit, dass ich Erdreich und Steine aus unserem Garten auf die Bühne schütte und mit kleinen Bäumen, Gras und Blumen versehe, was meinem Großvater aber nicht ganz recht zu sein scheint, denn der Arme bekommt jedes Mal, wenn er sein Kasperltheater, seine Schöpfung, von seinem Enkel derart missbraucht sieht, einen knallroten Kopf und muss von Großmutter beruhigt werden.

Nicht immer gehen solche Aufführungen ohne aufregende Zwischenfälle vor sich. Der wohl denkwürdigste ereignet sich während einer Vorstellung, als Kasperl gerade in eine wilde Verfolgungsjagd mit einem frechen Räuberhauptmann und einem grasgrünen Krokodil verwickelt ist. Die Hetzjagd wird plötzlich vom ohrenbetäubenden Indianergeheul einer Kindergruppe unterbrochen, die tomahawkschwingend auf mein geliebtes Theater zustürmt und so kräftig auf den buntlackierten hölzernen Verbau einzuschlagen beginnt, dass die Späne und Trümmer nur so fliegen.

Mein Stammpublikum verhält sich vorbildlich. Nach einigen Schrecksekunden heult es, enttäuscht über die unliebsame Unterbrechung, wütend auf und wirft sich mit lautem Kreischen auf die lästigen Störenfriede. Der hinterhältige

Überfall findet aber ein sehr rasches Ende, denn Großvater, der sein Kasperltheater in Gefahr sieht, zerstört zu werden, stürzt wie ein gereizter Bulle mit seinen 110 Kilo Lebendgewicht die steilen Stiegen zum Hof herunter und auf den Anführer der Bande zu, dem er vor versammeltem Publikum – vor Freund und Feind – eine schallende Ohrfeige verpasst, die einen ebenso eindrucksvollen wie wirkungsvollen Schlussstrich unter diese denkwürdige Aufführung setzt.

## Die Front rückt näher

Langsam und mit unerbittlicher Härte rückt das Kriegsgeschehen immer näher. Immer öfter sitzt Großvater vor dem Volksempfänger und hört aufmerksam den zahllosen Berichten über Bruttoregistertonnen zu, die irgendwo auf hoher See versenkt worden sind. Immer ernster werden die Mienen meiner Großeltern beim Abhören der täglichen Radiomeldungen; immer häufiger summen wie lästige Bienenschwärme endlose Flugzeuggeschwader durch das sommerliche Blau des Himmels, eine Vielzahl weißer Kondensstreifen hinter sich herziehend, aus denen unzählige Lammettaähnliche Metallstreifchen langsam vom Himmel fallen und wie verfrühte Weihnachtsfreuden silbern glänzend und verlockend im dunkelgrünen Gras liegen. „Greif's net au! Dei san vagift!" warnen die Erwachsenen. Da ich aber der verlockenden Versuchung auf Dauer nicht widerstehen kann, berühre ich eines Tages so ein verführerisch aussehendes Silberband und warte mit Neugierde und etwas Bangen verunsichert auf das unvorstellbare Etwas, das die Erwachsenen Tod nennen und vor dem sie unüberwindliches Grauen empfinden. Aber nichts geschieht. Ich lebe weiter – und bin enttäuscht über die unzuverlässigen Aussagen der erwachsenen Menschen.

Und wieder einmal liest uns unsere Frau Lehrer in der Schule eine beunruhigend spannende Geschichte vor, in der von den herannahenden Russen, wahren Teufeln in Menschengestalt, berichtet wird. Darin werden deutsche Männer in ihren brennenden Häusern erschossen, deutsche Frauen mit ihren Zungen an Küchentische genagelt und deutsche Kinder mit ihren Schädeln an Türrahmen zerschmettert. Sie beendet ihre uns zutiefst verängstigende Erzählung mit den bedeutungsschweren Worten: „Kinder, das ist eine wahre Geschichte!" Ich mag solche Geschichten – wahre Geschichten – nicht. In meinem Kopf trage ich sie nach Hause und kann sie einfach nicht mehr vergessen. Bis heute nicht.

Schon wieder schluchzt „Tränenkrüglein", wie ein Mitschüler von unserer Lehrerin scherzhaft genannt wird, leise in seiner Schulbank, denn seine linke Hand, mit der er so gerne schreibt – warum auch nicht? – ist schon wieder an der hölzernen Rückenlehne seiner Schulbank festgebunden. „Brave und folgsame Kinder schreiben mit der rechten Hand", sagt sie lächelnd und in bestimmtem Ton zu uns.

Für meine ausgezeichneten Schulleistungen erhalte ich von meiner Lehrerin in einer Zeit, in der es kaum Spielsachen gibt, einen selbstgenähten Wurstel. Er wird mein bester Freund, der mich überallhin begleitet. Ich erzähle ihm alles, was mich bewegt. Er darf sogar in meinem Bett schlafen. Selbstverständlich kommt er auch des nachts in den Luftschutzkeller mit, wo ich ihm aus altem Zeitungspapier, mit dem ich meine frierenden Beine einwickeln soll, ein weiches Lager bereite – was meiner besorgten Großmutter aber ganz und gar nicht recht ist. Aber ich kann doch meinen besten Freund nicht frieren lassen!

Seit meinem Schulantritt im September 1943 eröffnen sich mir sprunghaft neue geistige Horizonte, und wie ein Schwamm nehme ich begierig alles Wissenswerte in mir auf. Schreiben, Lesen und Rechnen werden mir zum Spiel. Schon nach kurzer Zeit bin ich imstande, meine ersten Märchen selbst zu buchstabieren. Nun ändern sich die Vorzeichen. Ich lese vor, und meine Großeltern übernehmen die Rolle der Zuhörer; eine Rolle, für die sich meine Großmutter besser eignet als mein Großvater, der freudig und erleichtert den Einschaltknopf am Volksempfänger betätigt, wenn meine „Vorlesung" zu Ende ist.

Schrilles Sirenengeheul bei Tag – atembeklemmendes Sirenengeheul bei Nacht. Automatisch nimmt Großmutter ihre große, schwarze, uralte Einkaufstasche, in der sie unsere wichtigsten Dokumente und Wertgegenstände aufbewahrt, und geht mit mir in den Bunker. Ihr Schritt wird von Monat zu Monat hastiger, da sich die Zeit zwischen Warnung und dem Eintreffen der dröhnenden Motoren immer mehr verkürzt. „Kohlenklau" und „Feind hört mit" bedrohen mich von beschmierten Mauern und verwahrlosten Bretterwänden herab. Ich laufe mit meinen Spielgefährten jeden Sonntag mit dem Hitlergruß neben der Blasmusik her, die die Hauptstraße entlang marschiert.

Eines Tages wird ein gefährlicher Feind, ein Amerikaner, der mit seinem Flugzeug am Grasberg abgestürzt ist, als Gefangener die Hauptstraße entlang zum Gemeindekotter geführt. Seine zerrissene Uniform ist mit Dreck und Blut verschmiert; sein Gesicht ist bleich. Seine verschreckten Augen gleiten hastig suchend an uns Kindern vorbei, die wir neugierig am Straßenrand stehen. „Der schaut eigentlich nicht aus wie ein Teufel in Menschengestalt", denke ich bei mir. Manche Erwachsenen bespucken ihn sogar, als er nahe an ihnen vorübergeht.

Adi, der Älteste von uns, darf zur Hitlerjugend gehen. Begeistert erzählt er uns von Uniformen, Kampfspielen, Lagerfeuern und Nachtmärschen. Neiderfüllt und von der Nichtigkeit unseres Kinderdaseins überzeugt, hören wir ihm voll Bewunderung aufmerksam zu und wünschen uns nichts sehnlicher, als endlich doch auch so alt zu sein wie er.

## Im Visier des Todes

Im Spätsommer des Kriegsjahres 1944 ist die Front bereits so nahe an unsere Heimat herangerückt, dass alliierte Geschwader manchmal mehrmals täglich Angriffe auf strategisch und wirtschaftlich wichtige Zentren im südlichen Niederösterreich unternehmen. Dabei wird vor allem Wiener Neustadt Hauptziel dieser verheerenden Luftangriffe.

Die Zeit ist so unsicher und gefährlich geworden, dass mich meine besorgten Großeltern, die als Fahrer, bzw. Rotkreuzhelferin bei der Sanität arbeiten, nicht mehr länger allein zu Hause zurücklassen wollen, und so verbringe ich, obwohl dies verboten ist, die meiste Zeit außerhalb der Schule auf dem Sitz neben dem Fahrer. Auf der Fahrt ins Krankenhaus kümmert sich Großmutter um die Kranken im rückwärtigen Teil des Wagens, bei der Heimfahrt jedoch sitzt sie immer vorne bei uns und lässt sich keine Gelegenheit entgehen, ihren soeben erst schulpflichtig gewordenen Enkel im Lesen und Rechnen zu trainieren, und sie tut dies so geschickt und spielerisch, dass mir niemals langweilig dabei wird. Kein Ortsschild, kein Firmenschild entgeht ihrer Aufmerksamkeit. Was wohl auf diesem Schild stehe oder auf jenem, fragt sie mich immer wieder. Wie viele Kühe oder Pferde ich auf dieser Wiese sehe oder auf jener; und wie viele Kühe und Pferde wir denn auf dieser Heimfahrt schon gesehen hätten.

Großvater sitzt schmunzelnd neben uns, pfeift eine kurze Melodie vor sich hin und gibt mit einer leichten Kopfbewegung in Richtung eines neuen Rechen- oder Lesebeispiels seinen wichtigen Beitrag zu diesen für mich so anregenden Lernübungen. Zu Hause angekommen, zückt Großvater seine mich sehr beeindruckende Flitspritze und hüllt Großmutter und mich aus mehreren Metern Entfernung mit einer weißen Wolke eines tränentreibenden Gases ein. „Zur Desinfektion! Für alle Fälle", wie er sagt. Nach Fahrten mit Ansteckungsgefahr aber gibt er uns während dieser unangenehmen Zeremonie immer den Rat: „Mund aufmoch'n und tiaf einotmen!" was ich schon mit weniger Begeisterung befolge.

An einem heißen Sommertag muss ein an Diphtherie erkranktes Kind ins Krankenhaus Neunkirchen transportiert werden; und was anfänglich wie eine reine Routinefahrt aussieht, wird zu einer wahren Odyssee von Krankenhaus zu Krankenhaus, bis wir mit dem bereits an Erstickungsanfällen leidenden Kind in einem Wiener Krankenhaus landen. Die Heimfahrt auf der Triester Bundesstraße verläuft bis Sollenau ereignislos. Während wir den Ort durchfahren, dessen Straßen menschenleer sind, beginnt der erste Luftangriff dieses Tages auf Wiener Neustadt, das vor uns liegt.

Im Schutz einer dichtbelaubten Baumgruppe warten wir das Ende des Angriffs ab. Staffel um Staffel lässt ihre tödliche Bombenlast auf die Stadt fallen. Wir können die dumpfen Explosionen serienweise von unserem Versteck aus hören. Sie scheinen kein Ende nehmen zu wollen. Nach einer halben Stunde setzen wir unsere Fahrt fort. Bei der Einfahrt nach Wiener Neustadt versperrt uns ein riesiger Bombenkrater in der Straßenmitte den Weg. Wir versuchen über Nebenstraßen auszuweichen. Aber auch hier ist ein Weiterkommen nur im Schritttempo möglich. Brennende Häuser und ausgebrannte Ruinen säumen unseren Weg. Menschen in Todesangst irren verzweifelt umher. Dunkler Mauerschutt, zerbrochene Dachziegel und brandgeschwärzte Holztrümmer behindern immer wieder die Fahrt des Sanitätswagens. Beißender Brandgeruch durchzieht die Luft.

Der blutige Vorderteil eines zerfetzten Pferdes hängt in den spitzen Aststümpfen eines teilweise verkohlten Baumes am Straßenrand. Der Rest des Pferdes – eine dunkelrote Masse aus Fleisch und Gedärm – liegt im Straßengraben. Mit einer Mischung aus ungläubigem Entsetzen und kindlicher Neugier habe ich die Vorgänge um mich bisher schweigend beobachtet, nun aber drücken die Arme meiner Großmutter mein Gesicht in ihren stark nach Karbol riechenden Sanitätsmantel und geben es nicht mehr frei, bis wir die Stadt hinter uns gelassen haben.

Wortlos durchfahren wir den sommerlichen Föhrenwald. Als wir seinen Rand erreichen und Neunkirchen vor uns liegen sehen, tauchen hinter uns bereits neue Flugzeuggeschwader auf. Sie haben Wiener Neustadt soeben ein zweites Mal bombardiert und überqueren Neunkirchen auf ihrem Rückflug. Plötzlich wird die auf dem Petersberg postierte Fliegerabwehr aktiv und beginnt sich auf die feindlichen Flugzeuge einzuschießen. Eines wird getroffen – brennend rast es im Sturzflug mit immer lauter aufheulenden Motoren der Erde entgegen. Sekunden später erfolgt ein blitzartiger Knall und eine Rauch- und Feuersäule schießt empor. Wie gelähmt verfolgen wir vom Waldrand aus das todbringende Geschehen.

Nachdem der Kampf abgeebbt ist, durchqueren wir, so rasch dies möglich ist, die menschenleere Stadt. Am Stadtrand werden wir von einem Gendarmeriebeamten angehalten und informiert, dass die nächste Angriffswelle jeden Augenblick eintreffen könne. Er warnt uns vor einer Weiterfahrt über den mit zahllosen Flakgeschützen bestückten Petersberg. Aber wir drei wollen nichts als nach Hause, und so gibt Großvater Gas und hetzt den Sanitätswagen den Hang hinauf, der bis zur Ortschaft Dunkelstein auf beiden Seiten der Straße keinerlei Deckungsmöglichkeit bietet.

Wir haben noch keine hundert Meter zurückgelegt, da ist die Flugzeugstaffel, die den dritten Angriff dieses Tages auf Wiener Neustadt geflogen hat, direkt über uns, und die Geschütze eröffnen das Feuer. Ohrenbetäubendes, unerträgliches Krachen, Dröhnen und Brüllen erfüllt die Luft. Luftdruckwelle um Luftdruckwelle wuchtet von allen Seiten heran, erfasst den Wagen und schüttelt ihn hilflos hin und her. Die rückwärtige Tür des Wagens wird aufgerissen, die Tragbahre fällt auf die Straße. Fensterglas zerbricht. Längst schon hat Großmutter mein Gesicht in ihren Schoß gepresst und sich schützend tief über mich gebeugt. Ich höre sie laut das „Vater Unser" beten. Einige Flugzeuge lassen ihre restlichen Bomben fallen. Das unheimliche Heulen kommt näher, immer näher. Großmutters Arme schließen sich noch enger um mich. Sie verkrallen sich in mich. Ich bekomme kaum mehr Luft. Dann dumpfe Erschütterungen, vermischt mit hellem, berstendem Krachen. Die Windschutzscheibe zerbirst. Glastrümmer und Glassplitter fallen auf uns und gleiten an uns herab. Großmutter schreit immer wieder dieselben Worte: „Herrgott, hüf uns! Herrgott, hüf uns! Herrgott, hüf uns!" Da hat der von zahllosen Luftdruckwellen vibrierende und manchmal sogar taumelnde Wagen die Anhöhe des Petersberges erreicht und fährt – rast fast – dem schützenden Ort Dunkelstein entgegen.

Langsam ebbt das Inferno um uns ab, und wir kehren staunend ins Leben zurück ..... Großvater, der die ganze Zeit über kein Wort gesagt hat, hält den Wagen kurz an. Er wendet uns sein bleiches Gesicht zu. Von seiner Stirn tropft Blut, seine Lippen sind blutig gebissen. Ein kaum merkliches Lächeln umspielt seine Lippen, als er zu uns noch immer Sprachlosen gewendet, leise und fast ungläubig sagt: „Mia hom's g'schofft."

# Der Apfelstrudel

*Frühling 1945* – Häufig klagt Großmutter über Lebensmittelkarten und Rationierungen, und immer seltener erscheint der Germstrudel am sonntäglichen Mittagstisch. Großvaters Antlitz zeigt daher an Sonntagen nur mehr sehr selten freudige Erregtheit. Doch nach einigen entbehrungsreichen Sonntagen strahlt es endlich wieder einmal voll Zufriedenheit, denn ein wahres Prachtstück von einem Apfelstrudel, mit einem karierten Tuch fein säuberlich verdeckt, prangt am Rande der niedrigen Holzkiste neben dem Küchenherd.

Die Hände am Rücken verschränkt, schiebt Großvater sein Schmerbäuchlein von der Küche in das Vorhaus vor sich her. Kurz verweilt er bei der Tür, die zum Hof hinunterführt. Eine gepfiffene Melodie ertönt, bricht aber schlagartig wieder ab, wenn er sich ruckartig wendet, um seinen Rückweg durchs Vorhaus in die Küche anzutreten. Während seines monotonen Spazierganges, den er aber sehr zu genießen scheint, streift sein Blick immer wieder wohlgefällig die imponierende Breite und außergewöhnliche Länge des unsichtbaren Backwerks. Er ist an diesem Tag – wie immer an solchen Festtagen – besonders gut gelaunt.

Selbst Großmutter, die an Sonntagen stets in hektischer Eile durch die Küche hastet, geht heute mit langsameren und würdevolleren Schritten auf und ab. Sie hat zur Feier des Tages ihre schneeweiße, selbst genähte Schürze umgebunden, die an den für das weibliche Auge besonders exponierten Stellen mit gestärkten Rüschen verziert ist, deren Stattlichkeit mit Hilfe einer nicht zu heißen Brennschere hervorgehoben worden ist. Alles strahlt die Ruhe häuslichen Friedens aus.

Ich liege wie üblich in meiner Lieblingslage mit dem Rücken auf dem mit einem schon etwas verwaschenen Linoleum bedeckten Fußboden und bewege meine Beine im Spiel auf und ab. Nach einiger Zeit benötige ich dann immer eine erhöhte Unterlage, um sie besser ausruhen zu können. Während Großmutter den Mistkübel zur Entleerung in die hinterste Ecke des Hofes bringt und Großvater von der höchsten Stufe des Vorhauses aus sich mit ihr unterhält, beginne ich, schon etwas müde geworden, gedankenverloren nach einer Unterlage für meine beiden Beine zu suchen. Da bietet sich ihnen etwas besonders Weiches, fast Kissenartiges zum Ausruhen an. Aber bevor ich sie darauflege, strample ich noch einige Male von links nach rechts und die gesamte Länge des weichen Kissens wieder zurück. Mit zwei letzten kräftigen Tritten beende ich mein spielerisches Tretprogramm und lasse meine Füße ermattet in die Mitte des weichen Polsters fallen.

Plötzlich werde ich aus meiner Ruhestellung, die ich soeben erst eingenommen habe, durch einen lauten Schrei aufgeschreckt. „Jessas na!" Ich wende meinen Kopf nach links und blicke in Großvaters bleiches Antlitz, aus dem zwei große, schreckgeweitete Augen auf einen Punkt starren, der sich in unmittelbarer Nähe meiner Füße befinden muss. „Emma-a-a!".... „Da Strudl!"... Großvaters Stimme überschlägt sich vor Erregung.

Völlig überrascht von seiner Erregung werfe ich einen raschen Blick auf jene Stelle, die ihn in einen Zustand völliger Verzweiflung zu stürzen scheint. Der Strudel!!

Blitzartig schießt es mir durch den Kopf. Entsetzt bleibe ich noch einige Sekunden wie erstarrt liegen. „Mistbua dreckiga!" Endlich kommt Bewegung in seinen schwerfälligen Körper, und wie eine ungebremste Dampfwalze stürzt er sich auf mich. „I wea da geb'n! ... Den Strudl datret'n, daß ea ausschaut wia r a verwoadaklte Berg- und Toibahn! ..... „Emmaaaaaaa....!"
Noch nie zuvor habe ich ihn in solch einem Zustand heftigster Erregung gesehen. Ich warte daher eine sinnlose Diskussion erst gar nicht ab, sondern suche angesichts des herandonnernden großväterlichen Furiosos mein momentanes Heil in augenblicklicher Flucht. Auf allen Vieren, versteht sich! Denn zum Aufstehen wird mir die Zeit viel zu knapp. Da Großmutter noch immer nicht eingetroffen ist, um als Friedenstaube vermittelnd ins häusliche Kampfgeschehen einzugreifen, und Großvater in der Eile den Küchenbesen nicht finden kann, mit dem er seinen schlagkräftigen Argumenten mehr Gewicht verleihen könnte, erreiche ich ungehindert vor meinem Verfolger die schützende, mit gewaltigen Tuchenten bestückte Bettenfestung. Auf dem Bauche liegend robbe ich blitzschnell ins ungewisse Dunkel hinein.
Großvater hat inzwischen die Hiebwaffe gefunden und vor den Betten Aufstellung bezogen. Um die Waffe in ihrer gesamten Länge wirkungsvoller zur Anwendung bringen zu können, versucht er, sich niederzuknien, was jedoch durch sein beachtliches Körpergewicht beträchtlich erschwert wird. Nach einigen missglückten Versuchen beschränkt er sich darauf, mich mit mehr oder weniger liebevollen Drohungen aus meinem momentan sicheren Bau hervorzulocken.
„Kumm nua außa! Du Kerl, du graupata, damit i dia dei Housal auspaunn! Glei, glei wird di die giftige, schwoaze Spinnarin, die hinta dia untam Beitt huckt, in dein klan

Zwetschk'nhintan einibeiß'n." Angesichts des hektisch vor meiner Nase herumtanzenden Küchenbesens ziehe ich aber diesen ungewissen Biss von hinten einer Aug-in-Aug-Konfrontation mit einem Riesenbullen vor, der wutschnaubend und mit gesenktem Haupt vor meinem Versteck schwergewichtig auf und ab trabt.

Inzwischen ist Großmutter atemlos im Türrahmen aufgetaucht. Ihre beeindruckende Leibesfülle, in der sie ihrem Ehegemahl noch um einiges überlegen ist, hat sie daran gehindert, schon früher ins Strudeldrama aktiv einzugreifen. Mit einem einzigen Blick stellt sie sowohl die nicht wiedergutzumachende Deformierung ihrer neuesten Strudelkreation fest, als auch die gefährliche Situation, in der sich ihr Lieblingsenkel befindet.

„Emil!" tönt es kurz wie ein Peitschenknall durch den Raum. Ihre Stimme übt eine sofortige beruhigende Wirkung auf meinen Großvater aus, und der Küchenbesen wird jäh aus meinem Gesichtskreis gezogen. „Da Strudl is hi", stellt sie, sachlich richtig, enttäuscht fest; und fügt lakonisch hinzu: „Do kau ma goa nix moch'n."

Als sie mit den Worten „Schou goa net mit'n Schlog'n" den häuslichen Konflikt beendet, streift ihr Blick noch einmal wie zufällig ihr sonntägliches Prachtbackwerk, oder besser gesagt, das, was davon übrig geblieben ist und dem ihr ganzer Stolz gegolten hat. Einen Augenblick lang scheint auch sie ihre Fassung zu verlieren, denn ihre sonst so feste Stimme bebt, als sie zu mir, der ich für sie unsichtbar bin, sagt: „Kräu außa von unta' m Bett und entschuidig di hoit beim Opa". Und zu Großvater gewendet fügt sie – schon wieder mit ruhiger, fester Stimme – hinzu: „Obsichtlich hot er's jo net tau, da Bua. ... Oiso seid's hoit wieda guat mitanand .... und geibt's eich a Buss'l!"

# Ein unvergesslicher Alptraum

Meine täglichen Schulbesuche werden immer kürzer, da die Luftangriffe bei Tag an Häufigkeit zunehmen. Der schrille, aufwühlende Ton der Sirene versetzt mir jedes Mal einen Stich durch den Körper und krampft meine Eingeweide zusammen. Mein Herz beginnt schneller zu schlagen, und Angst erfasst mich. Sirenengeheul bei Nacht wird mir jedoch zum unvergesslichen Alptraum.

In einer schwülen Sommernacht werde ich jäh durch diesen grauenhaften, mein sechsjähriges Ich erfassenden und zermalmenden Ton aus tiefem Schlaf emporgerissen. Kein beruhigendes Wort meiner Großeltern dämpft diesmal meine Furcht. Meine Kinderhände fahren hektisch suchend nach beiden Seiten. Die Leintücher fassen sich kühl an; beide Betten sind leer. Meine Großeltern sind wieder einmal mit dem Sanitätswagen unterwegs. Allein!!! Eine Riesenfaust greift nach mir, und ich bin ihr wehrlos ausgeliefert. Noch betäubt vom Schlaf und gelähmt vor Entsetzen bleibe ich einige Sekunden regungslos in der Dunkelheit liegen. Gedämpfte Unruhe beginnt die Stadt zu erfassen. Fenster werden ruckartig geschlossen, Türen fallen dumpf ins Schloss, hastige Schritte hetzen die Gehsteige entlang, erregte Worte werden halblaut durch die drückende Schwüle der Nacht gerufen. Dann wieder Stille – die nervenzermürbende Ruhe vor dem Sturm. Die Kleinstadt duckt sich in die pechschwarze Finsternis vor dem übermächtigen Bösen, das in Wellen langsam heranzufluten beginnt und die warme Nachtluft immer stärker mit hundertfachem Summen erfüllt. "Schnell weg! Die Tasche mit den Wertsachen und Dokumenten!" schießt es blitzschnell durch meinen Kopf.

Schweißbedeckt und doch fröstelnd reiße ich mir die weiche Bettdecke vom noch schlaftrunkenen Körper, springe so schnell ich kann aus dem warmen Bett in das bedrohliche Dunkel um mich und taste mich durch den leise knisternden, unheimlich wirkenden Raum zum Lichtschalter. Hastig streife ich meine körperwarme Nachtwäsche vom zitternden Leib; mit unsicheren Fingern versuche ich, mich möglichst rasch anzuziehen, aber meine Hände zittern sosehr, dass ich meine Schuhbänder nicht knüpfen kann. Ich stecke sie nur lose in die Schuhe. Inzwischen ist das entfernte Summen zum bedrohlichen Wummern angewachsen, das Himmel und Erde erfasst und nicht mehr loslässt. „Licht aus! Rasch weg!" Ich hetze durch dunkle Räume, deren Fenster mich anstarren wie die mich suchenden Augen des Bösen. Ich kann die große, viel zu schwere Tasche kaum schleppen. Endlich bin ich im Freien. Rasch sperre ich die Tür ab und laufe durch den finsteren, menschenleeren Hof. Atemlos erreiche ich die unbeleuchtete Straße.

Hier bin ich nicht mehr so einsam, denn gleich mir hasten auch andere dunkle Gestalten schemenartig durch die todbringende Nacht. Christbäumen gleich schweben Leuchtkugeln langsam vom Himmel. Gespenstisch tasten sich die milchiggrauen Finger von Scheinwerfern suchend durch den bleischweren Nachthimmel. Plötzlich wird das Dröhnen der Motoren von dumpfen Explosionen überlagert. Ich laufe verzweifelt weiter. In das Inferno der pausenlos erfolgenden Einschläge mischen sich die zahllosen hellen Schläge der Artillerie, die am nachtschwarzen Himmel vergeblich den unsichtbaren Gegner sucht.

Ich renne um mein Leben. Mein Brustkorb brennt wie Feuer. Tränenloses Schluchzen erschüttert meinen kindlichen Körper. Ich stolpere. Ich falle. Glas birst. Wertsachen und Dokumente fallen aus der Schatulle, unserem Allerheiligsten. Gekrümmt wie ein Hund liege ich winselnd am Boden. Eine ältere Stimme spricht beruhigend auf mich ein.

Zwei hilfreiche Hände heben mich empor. Sie nehmen mir Schatulle und Tasche aus meinen verkrampften Händen und ziehen mich weiter, immer weiter durch die vom fernen Feuerschein unzähliger Brände erhellte Nacht in die erlösende Stille eines nasskalten Bunkers. Jemand drückt mich wortlos in einen Sessel und hängt mir eine feuchtkalte Decke um. Irgendwo fallen im monotonen Rhythmus Wassertropfen von den Wänden, und weit entferntes Stimmengemurmel entführt mich in die befreiende Leere und erlösende Stille des Schlafes.

## Die Mutprobe

*Sommer 1944* – Unweit vom Rohbau des großelterlichen Hauses floss das Erlbacherl durch ein unscheinbares, flaches Tal am Fuße des Harter Bergrückens. Ein schmaler, stiller Weg führte zwischen Erlbacherl und Bergrücken dahin, vorbei an dichtem Gebüsch und Unterholz aller Art. Wenn in den trockenen Kriegssommern das Bächlein zu einem armseligen Rinnsal verkam, blieben in den Tümpeln Forellen verschiedener Größe zurück, die in hektischer Eile ihr kleines Gefängnis querten und ein rettenden Schlupfloch suchten.

Für dieses schattige Tal empfanden wir Kinder des Krieges eine besondere Vorliebe und machten es zu unserem Lieblingsspielplatz, denn das uralte Spiel vom Räuber und Gendarm, das hauptsächlich von den Jüngeren bevorzugt wurde, ebenso wie die ewig neuen Indianerspiele der Älteren, erreichten hier Höhepunkte an Spannung, wie sie nirgendwo sonst gefunden werden konnten – weder auf den Wiesen, die damals noch unser kleines Städtchen umgaben, noch auf den Feldern; geschweige denn im elterlichen Hof zu Hause, wo man ja unaufhörlich von den stets wachsamen Augen der ständig besorgten Erwachsenen beobachtet wurde. Und wo noch konnte man mit dem prickelnden Gefühl, schrecklich Verbotenes zu tun, so unbekümmert Forellen jagen, ohne sofort von einem mahnenden Blick oder strafenden Wort eines Vertreters der lästigen, sich ständig einmischenden und alles besser wissenden älteren Generation daran gehindert zu werden.

In diesem Kinderparadies erregte ein Platz unsere besondere Aufmerksamkeit. Es war eine mehrere Meter hohe, sich schräg an den Bergrücken lehnende, unebene Felsplatte, die eine magische Anziehungskraft auf uns ausübte, denn ein unsanfter Rutsch in unseren kurzen Lederhosen über ihre raue Schräge stellte für uns Buben eine aufregende Mutprobe dar. Schon mancher von uns hatte sich auf seiner steilen Talfahrt gezwungen gesehen, seine ursprüngliche Sitzposition aufzugeben und den Rest der holprigen Strecke in Bauchlage zurückzulegen, was weder für die Kleidung des Betreffenden noch für sein Gesicht vorteilhaft gewesen war. Selbst wenn es einem gelang, auf dem Hinterteil zu verbleiben, müsste man sogar an den ledernen Hosenböden mit gröberen Schäden rechnen, was unweigerlich zu unliebsamen Szenen mit dem weiblichen Häuptling im elterlichen Wigwam führte.

Als ich würdig befunden wurde, in den elitären Klub aller Sechs- bis Zehnjährigen des Hoffelds aufgenommen zu werden, blieb auch mir die Mutprobe am Felsen nicht erspart, obwohl mir Mutproben aller Art stets zuwider waren und es bis heute geblieben sind.

An einem heißen Sommernachmittag pilgerten wir, von Adi, dem Ältesten, angeführt, auf dem üblichen staubigen Weg über die Wiesen des Hoffelds zum nahe gelegenen Ort meiner Bewährung. Mir war nicht ganz wohl zumute bei dem Gedanken, die für mein Alter viel zu steile Felsplatte vor den neugierigen Blicken aller herunterrutschen zu müssen, und je näher wir dem Ort der Entscheidung kamen, umso mehr verstärkte sich das krabbelnde Gefühl in meiner Magen- und Darmgegend.

Endlich war das Ziel erreicht, und nachdem die Ältesten unter dem Applaus der Umstehenden ihre männlichen Fähigkeiten als Felsenkletterer und Hosenbodenrutscher mit affenartiger Behändigkeit unter Beweis gestellt hatten, kam die Reihe an mich. Da ich nicht die geringste Lust verspürte, meine Männlichkeit gerade auf diese Art und Weise zur Schau zu stellen, kletterte ich langsam, von Adi sowie von nicht gerade beruhigenden Kommentaren der Zurückgebliebenen begleitet, am Rande der Felsplatte zum Einstieg empor. Oben angekommen, setzte ich mich zögernd nieder und versuchte, Zeit zu gewinnen, um das Unheil möglichst lange hinauszuschieben. Auf meiner Suche nach einem günstigen Startplatz wetzte ich geraume Zeit auf dem zerkratzten Hosenboden meiner schmierigen Lederhose herum, meinem einzigen Kleidungsstück an diesem schwülen Sommertag, da sowohl Hemd als auch Unterhose aus Ersparnisgründen wegfielen.

Die glotzende Bubenschar unter mir wurde ungeduldig, und Zurufe wie „Nau, sou rutsch schou eindlich owa!" und „Traust di jo eh net!" schallten mir aus der Tiefe entgegen. Adi, der nicht noch länger auf das aufregende Schauspiel warten wollte, gab mir plötzlich einen für mich völlig unerwarteten, kräftigen Stoß – und meine Höllenfahrt begann. Obwohl sie nur einige Sekunden dauerte, schien sie mir dennoch endlos. Bravogeschrei empfing mich am Ende der Rutschbahn. Noch benommen vom Schock der Rutschpartie versuchte ich, mich vom steinigen Boden zu erheben. Hilfreiche Bubenhände streckten sich mir entgegen, um mir auf meine schlotternden Beine zu helfen. Aber noch ehe ich meinen Triumph voll auskosten konnte, durchzuckte mich blitzartig die schreckliche Gewissheit, dass ich mich nicht erheben konnte, ohne meine unmännliche Schande preiszugeben.

Doch das überaus wachsame Auge der Bubenschar, verbunden mit einem regen Geruchssinn für bestimmte Situationen, hatte das hochnotpeinliche Endergebnis meiner abenteuerlichen Rutschpartie bereits erspäht. „Da Peschl hot si aug'schiss'n!" „Da Peschl hot si aug'schiss'n!" ertönte es unter lautem Gelächter im Kreis. Alles drängte herbei, um das skandalöse Ereignis, dessen Einmaligkeit sich jeder bewusst war, aus nächster Nähe voll boshaftem Genuss bestaunen und lautstark kommentieren zu können.

Laut heulend und O-beinig wie ein Matrose an Deck seines vollbeladenen schwankenden Schiffes trat ich meinen Rückzug nach Hause an.

Was so ein kleiner Schließmuskel in entscheidenden Augenblicken eines Menschenlebens doch alles anrichten kann!


# Dem Tod in den Arm gefallen

*März 1945* – Der Frühling des denkwürdigen Jahres 1945 setzt mit einem ungewöhnlichen Wärmerekord ein. Schon der März gestattet es uns Kindern, barfuß in die Schule zu gehen, was Schuhe sparen hilft – sehr zur Erleichterung unserer Eltern. Aber der Feind steht bereits an den Grenzen. Eine Katastrophenmeldung jagt die andere. Beinahe täglich zermürben Tieffliegerangriffe die wehrlose Zivilbevölkerung – was die Stimmung der Erwachsenen auf den absoluten Nullpunkt bringt.

An einem Sonntagnachmittag sind meine Großmutter und ich wie üblich zu Besuch am Bauernhof meines Stiefvaters;

und da das Wetter sommerlich warm ist, unternehmen wir zusammen mit meiner Mutter und meinen beiden einein- halbjährigen Halbbrüdern einen Spaziergang über die prachtvoll blühenden Wiesen. Franz Josef und Josef Franz sind jedoch über das Stadium erster Gehversuche noch nicht hinaus; beängstigend unsicher torkeln sie Schritt für Schritt auf ihren kurzen, stämmigen Beinchen den staubi- gen Weg entlang. Mutter und Großmutter sind unentwegt um sie bemüht – wie zwei besorgte Gluckhennen.

Da sich die kleine Karawane nur sehr langsam fortbewegt und das ruckweise Anhalten und Weitergehen kein Ende nehmen will, habe ich mich bereits abgesondert und strebe den nahen Wiesen zu, die ich als erster erreiche und wo ich zuerst neugierig einen besonders hoch aufgeworfenen Maulwurfshügel untersuche, sodann ungewöhnlich bizarr verästelte Mäusegänge, die durch das Abschmelzen des Schnees freigelegt worden sind. Schließlich zieht mich ein farbenprächtiger Schmetterling in seinen Bann. Meine wiederholten vergeblichen Versuche, ihn zu fangen, lassen mich die Welt ringsum völlig vergessen, so dass ich das aufgeregte Rufen der Erwachsenen überhöre. Sie haben die hoch über uns langsam dahinbrummende feindliche Fliegerstaffel schon längst entdeckt.

Sobald mir die Gefahr bewusst wird, kehre ich sofort, wenn auch unwillig, um. In diesem Augenblick wird am Horizont immer lauter werdendes Motorengeräusch hörbar. Instink- tiv ahne ich die Gefahr und beginne zu laufen. Inzwischen haben die beiden laut schreienden und wild gestiku- lierenden Frauen mit einem Arm je ein Kleinkind empor- gerissen. Keuchend hetze ich Schutz suchend auf die beiden zu, die sich selbst und die beiden Kinder noch rechtzeitig im nahen Obstgarten hinter Baumstämmen in Sicherheit bringen könnten, in ihrer Angst um mich jedoch wie gelähmt stehenbleiben. Da tauchen auch schon zwei

Tiefflieger auf ihrer Suche nach Opfern hinter den hohen Hecken am Wiesenrand auf und donnern wie zwei tödliche Stahlgeschoße auf uns zu. Frauenhände strecken sich mir entgegen, und instinktiv schließen sich zwei Frauenkörper Schutz gebend um uns drei wehrlose Wesen, während die Wilde Jagd unmittelbar über uns hinwegtobt. Kein Schuss fällt.

Als die beiden Frauen tief geschockt aus ihrer sekundenlangen Erstarrung erwachen und mit einem einzigen Blick feststellen, dass die feindlichen Flugzeuge ihren Kurs nicht fortsetzen, sondern nur abdrehen und eine riesige Schleife fliegen, ahnen sie sofort den Grund. Sie wissen, dass wir alle das rettende Haus erreicht haben müssen, bevor der Feind aus der Luft wieder über uns ist. „Renn, Hubert! Renn ins Haus!" schreien die beiden mir zu und beginnen mit dem Kind am Arm um ihr Leben zu laufen. Aber es ist noch weit bis zum Hof; zu weit für Mutter und Großmutter, die durch die Kinder am raschen Laufen gehindert werden. Leichtfüßig hetze ich vor ihnen her, während sie immer langsamer werden.

Als ich es bemerke, bleibe ich kurz stehen. Einen Augenblick lang überlege ich, wie ich ihnen helfen kann. Da treibt mich ihr gemeinsamer gellender Schrei weiter. „Renn weida! Sou renn dou! Renn!" Ich erreiche als erster die schützende Hausmauer, presse mich in eine Türnische und blicke verzweifelt zurück. Sie haben es nicht mehr geschafft! Wie tödliche Geschoße rasen die beiden Maschinen im Tiefflug auf die vier zu. Im letzten Augenblick lassen sich Großmutter und Mutter in einen Graben am Wegrand fallen und decken mit ihren Leibern die Kinder unter sich. Sprachlos vor Angst und mit vor Entsetzen geweiteten Augen habe ich alles von meinem sicheren Versteck aus mitverfolgt. Mir stockt der Atem!

Aber in der entscheidenden Sekunde betätigt keine Männerhand den Abzug des Maschinengewehrs, und keine Maschinengewehrsalve zerfetzt den Staub des Weges und hämmert tödliches Blei in menschliche Körper. So nahe, dass ich das mir zugewandte Gesicht eines der beiden Piloten in der Kanzel sogar sehen kann, heulen die Motoren knapp über unser Hofdach hinweg und verklingen allmählich in der Entfernung.

Noch heute, mehr als 50 Jahre danach, denke ich manchmal, was wohl die beiden Unbekannten bewogen haben mag, dem Tod – für dieses eine Mal – in den Arm zu fallen.

## Stutzi

Ich begegnete diesem elfenartigen Wesen mit zierlicher Gestalt zum ersten Mal, als ich fünf Jahre alt war. Sie bewohnte mit ihren Eltern und ihren drei Brüdern eine im Stil der Jahrhundertwende errichtete Villa, die unweit vom Bauernhof meines Stiefvaters einsam am Waldrand lag. Auf mich einfachen Bauernbuben wirkte das hinter einem mehrere Meter hohen, dichtmaschigen Gitterzaun gelegene Gebäude mit seinen bemalten Fassaden und efeuumrankten Erkern und Nischen, in denen es protzige Vasen und sogar nackte Statuen zu bestaunen gab, wie ein Märchenschloss; und den darin lebenden Menschen begegnete ich mit größter Scheu, da sie aus einer mir völlig fremden Welt kamen.

Ich betrat diese gezwungenermaßen zum ersten Mal, als man mir eines Tages auftrug, einen Korb voll Eier „in d'Villa" zu bringen. Nur widerwillig machte ich mich auf den fünfminütigen Weg, der mich am Rande einer mit dichtem Gebüsch verwachsenen Schottergrube zur Villa emporführte. Langsam näherte ich mich der schmalen Gittertür und drückte zögernd den schmiedeeisernen Türgriff nieder. Die Tür war von innen verriegelt. Suchend blickte ich durch die engen Maschen des rostigen Gitters in den parkähnlichen Hof, in dem einige mächtige Linden emporragten, die an diesem heißen Sommertag das grelle Sonnenlicht abhielten.

Während mein Blick ratlos umherirrte, ertönte plötzlich eine helle Mädchenstimme dicht neben mir am Zaun: „He, du!" – Überrascht wendete ich meinen Kopf nach rechts, und da stand Stutzi in ihrem roten, geblümten Dirndlkleid mit ihren beiden dünnen Zöpfchen zum ersten Mal vor mir. Sie musste mich schon längere Zeit beobachtet haben.

„He, du!" ertönte es nochmals von jenseits des Zauns. Verunsichert und sprachlos starrte ich die kleine Unbekannte an, deren freundliches Lächeln und kameradschaftliche Anrede mir so viel an Mut zurückgab, dass ich mit einem ebenso kumpelhaften „Hmm" antwortete. Nach meiner knappen Erwiderung fragte sie mich in bestem Hochdeutsch: „Wer bist denn du?", worauf ich in dem mir gewohnten Dialekt antwortete: „I bin da Hubert. Vom Roth Bauern durt unt'n." Und fügte etwas selbstsicherer hinzu: „I bring d'Eia."

„Aha" war alles, was sie von sich gab. Sie entriegelte die Gittertür und ließ mich eintreten. Dann eilte sie voraus in die Küche, wo sie mich einer übergewichtigen Köchin in weißer Riesenschürze und mit zierlichem Häubchen übergab. Diese wiederum beeilte sich, einen dicken Stöpsel aus einem Sprechrohr in der Mauer zu ziehen und meine Ankunft der Gnädigen Frau ins obere Stockwerk zu vermelden, die daraufhin Anstalten machte, sich nach unten zu begeben, auf dem obersten Treppenabsatz jedoch stehenblieb, sobald sie unser ansichtig wurde, und ihre Instruktionen gab: „Gib die Eier unserer Köchin!" sagte sie mir zugewendet – und zur Köchin: „Anni, bitte kommen Sie zu mir herauf, sobald Sie etwas Zeit haben!" Und Stutzi befahl sie, mich zur Gartentür zu bringen. Sprach's, und verschwand ebenso schnell, wie sie aufgetaucht war, aus unserem Gesichtskreis.

Als Stutzi und ich wieder vor der verriegelten Gittertür standen, streckten wir beide zugleich unsere rechte Hand aus, um sie zu entriegeln. Dabei berührten sich unsere Hände für einen Augenblick. Verlegen lachten wir beide kurz auf. Ohne mich verabschiedet zu haben stand ich dann wieder vor der Gittertür, die ich hinter mir ins Schloss fallen hörte.

Ich war schon einige Schritte bergab gelaufen, als mir Stutzi nachrief: „Auf Wiedersehen!". „Servas!" schrie ich zurück, ohne mich umzudrehen. „Kommst du wieder?" hörte ich sie noch rufen. Sofort hielt ich im Laufen an und drehte mich zu ihr um. Ihr freundliches Lächeln und ihren fragenden Blick beantwortete ich mit einem verlegenen Bubengrinsen und einem von Achselzucken begleiteten „Vielleicht".

In den darauffolgenden Tagen zog es mich immer wieder in die Nähe der Villa zurück. In meiner zeitlosen Freiheit, denn für die Arbeit am Bauernhof war ich ja noch zu klein, streunte ich wie ein herrenloser Kater auf meiner Suche nach dem kleinen Mädchen im roten, geblümten Dirndlkleid rund um das geheimnisvolle Haus, das Stutzi tagelang nicht freigab. Manchmal kletterte ich auf einen der in unmittelbarer Nähe des hohen Gitterzauns stehenden uralten, knorrigen Obstbäume, die zum Bauernhof meines Stiefvaters gehörten, und führte alle meine Kletterkunststücke vor, in der Hoffnung, von „ihr" gesehen und bewundert zu werden.

Als ich an einem heißen Sommernachmittag gerade wieder einmal wie eine Fledermaus mit dem Kopf nach unten von einem Ast baumelte, öffnete sich plötzlich ein Fenster im ersten Stock der Villa, und Stutzis Mutter erschien in der Fensteröffnung. „Magst du vielleicht Stutzi besuchen?" fragte sie mich und fügte hinzu: „Sie ist schon seit Tagen krank und liegt im Bett." Während ich mich schwungvoll an den Beinen am Ast emporzog, ihn mit beiden Händen ergriff und mich kurz daran baumeln ließ, rief ich „I kum glei" der Frau im Fenster zu. Dann ließ ich mich zu Boden plumpsen.

Nachdem mich die freundliche, mit allerlei Küchengerüchen behaftete Köchin durch die schmale Tür im hohen Gitterzaun eingelassen hatte, führte sie mich durch einen düsteren Korridor ins erste Stockwerk empor, wo Stutzi in einem hellen und geräumigen Salon auf einer breiten Ottomane unter einer riesigen Decke lag. Ihr zartes Gesicht lächelte mir erwartungsvoll von einem schneeweißen Doppelkissen entgegen. „Du kannst Stutzi ein bisschen Gesellschaft leisten. Ihr ist schon so langweilig", sagte Stutzis Mutter zu mir und deutete auf einen bequemen Fauteuil, der neben der Ottomane stand. Ohne ein Wort zu sagen, setzte ich mich gehorsam auf den mir zugewiesenen Platz und versank sogleich bis über die Schultern in dem weichen Sitz, so dass nur mein Kopf gerade noch über die wuchtige, breite Lehne hinausragte.

Nachdem die feine Dame im silbergrauen Haar das Zimmer verlassen hatte, blieb es einige Zeit still im Raum. Die fremde Umgebung verwirrte mich. Verlegen blickte ich Stutzi an, die mich erwartungsvoll lächelnd ansah. Schließlich brach sie das Schweigen. „Das sind meine Puppen", sagte sie nicht ohne Stolz, auf eine Reihe verschieden gekleideter Puppen deutend, die neben ihr gehorsam die Mauer entlang in einer Reihe saßen und mich alle mit demselben starren Puppenlächeln anblickten. Da ich ihren Schätzen nichts Gleichwertiges entgegenzusetzen hatte, mit dem ich sie hätte beeindrucken können, nickte ich nur kurz und schwieg weiter.

Wieder war es Stutzi, die das Schweigen brach. Ihren Heimvorteil sichtlich genießend, wies sie auf einige Märchenbücher, die neben ihr auf einem Tischchen lagen, und fragte begierig: „Kannst du schon lesen?" Ich verneinte mit einer Kopfbewegung. Sicherlich hätte mein Schweigen noch längere Zeit angehalten, wäre nicht Willi, Stutzis elfjähriger Bruder, mit einem Kasperl an der linken Hand und einem Krokodil an der rechten ins Zimmer gestürmt. Hinter einer hölzernen, eineinhalb Meter hohen Trennwand stehend, die den großen Raum teilte, begann er uns sofort unbekümmert eine wilde Verfolgungsjagd zwischen Kasperl und Krokodil vorzuspielen, die in einen heftigen Kampf mündete. Dabei bezog er Stutzi und mich so geschickt und unbewußt ins Geschehen mit ein, dass wir beide in unserer kindlichen Begeisterung Kasperl bedenkenlos Rede und Antwort standen. Damit war das Eis zwischen uns gebrochen. Ich forderte Stutzi auf, mit mir doch einmal in den steilen Sandwänden der gefährlichen Schottergrube herumzuklettern, wozu sie begeistert einwilligte. Und sie lud mich ein, mit ihr doch einmal in den Hühnerstall, einen geräumigen Gitterkäfig, zu kriechen, um die Eier von den Nestern zu holen; anscheinend das Abenteuerlichste, das sie mir in der Vertrautheit unserer soeben erst geschlossenen Freundschaft bieten konnte.

Und so krochen wir einige Tage später gemeinsam in den zur Gänze vergitterten Hühnerhof. Allerdings erwies sich unser „Unternehmen Hühnerstall" aufregender, als ich es mir vorgestellt hatte, da Wotan, ein Prachtexemplar von einem Hahn, empört über die unliebsame Störung seiner Haremsaktivitäten, Stutzi zu attackieren begann, worauf ich ihn kurzerhand einfing und den mit seinen Flügeln wild um sich schlagenden Herrn des Hühnerhofes meiner entsetzten Begleiterin präsentierte. Als mir Wotan scheinbar entwischte, verblieb eine prachtvoll schillernde, elegant geschwungene Schwanzfeder – rein zufällig – in meinen Händen zurück, die ich selbstverständlich meiner kleinen Freundin schenkte. Sie war hingerissen von meiner Kühnheit, noch mehr jedoch von der Schwanzfeder, mit der ich Stutzis Herz im Sturm erobert hatte.

In den folgenden Wochen versuchten wir, soviel Zeit wie nur möglich miteinander zu verbringen. Ich lehrte Stutzi, auf Bäume zu klettern und Baumhäuser zu bauen, in denen wir Vater, Mutter und Kind spielten, und sie führte mich zu den verstecktesten Schlupfwinkeln ihres düsteren, unheimlichen Dachbodens, wo es so viel Interessantes und Geheimnisvolles zu entdecken und zu bestaunen gab. Sie war begeistert von unseren gemeinsamen Ausflügen auf den Heuboden meines Stiefvaters und von den lustigen Rutschpartien im Heu; am meisten beeindruckte sie jedoch das Spiel „Gemma Rozz'n schaun im Saustoi", wobei wir die Tür zum Stall mit einem Ruck aufzureißen pflegten, woraufhin die erschreckten Ratten flink in alle Richtungen davonhuschten.

Stutzi wollte dieses unterhaltsame Spiel täglich dutzendemale spielen. Sie war beinahe süchtig danach. Eines Tages wurden wir jedoch dabei von meinem Stiefvater ertappt, der uns empört dieses interessante Spiel verbot. Notgedrungen mussten wir daraufhin unsere schaurig-schönen täglichen Besuche im Schweinestall einschränken, vor allem dann, wenn Stiefvater in der Nähe war.

Meine stets im besten Hochdeutsch sprechende vierjährige Freundin war vom Dialekt fasziniert, den sie bei uns am Bauernhof hören konnte, vor allem von unserem alten Knecht, dem schrulligen Josef, der ungemein eindrucksvoll schimpfen und fluchen konnte, wenn ihm etwas nicht in den Kram passte. Immer wieder wurde ich von Stutzi gebeten, ihr doch das eine oder andere Schimpfwort zu erklären – und sie wiederholte es danach unzählige Male, bis es ein fester Bestandteil ihres Wortschatzes geworden war.

Sie erwies sich als überaus gelehrige Schülerin, bis wir beide eines Tages in eine schwierige Situation gerieten – sie bei der Aussprache und ich bei der Interpretation des von unserem Josef sehr ausdrucksvoll gesprochenen Götz-Zitates. Es erwies sich nämlich als wahrer Zungenbrecher für meine kleine Freundin aus gutbürgerlichem Haus. Sie hatte unüberwindliche Schwierigkeiten bei der genauen Artikulierung dieser aufregend klingenden Phrase, und ich, zugegebenerweise, war ihr auch nicht gerade behilflich dabei. Nach einigen erfolglosen Versuchen gab sie enttäuscht auf – und ich erinnerte sie nie wieder daran.

Wir verbrachten einen Sommer voll Freude und Spaß. In den letzten Augusttagen dieses Kriegssommers löste ich mein Versprechen ein, das ich Stutzi gegeben hatte, und nahm sie in die Schottergrube, mein Kletteparadies, mit. Anfänglich durchstreiften wir ziel- und planlos den mit dichtem Buschwerk wild verwachsenen Grubengrund. Schließlich zog uns die ungefähr zehn Meter hohe, schräge Steilwand der Grube wie ein Magnet an. Als wir endlich davorstanden, fragte meine Begleiterin zu mir gewendet mit ehrfürchtiger Scheu: „Und da hinauf klettern wir jetzt?" Ich nickte und begann unverzüglich mit dem Aufstieg.

In den vergangenen Monaten hatte ich mit einem scharfen Stein schmale Tritte in die Steilwand gegraben, die nur einige Zentimeter breit waren und quer durch die Schräge bis zum oberen Rand der Grube führ-ten. Barfuß konnte ich mich mit meinen Zehen an den Unebenheiten festkrallen, was mir beim Klettern genügend Halt gab. Stutzi, die auch im Sommer stets Schuhe trug, hatte jedoch schon bei den ersten Schritten große Schwierigkeiten, auf den schmalen Tritten nicht das Gleichgewicht zu verlieren und abzurutschen. Als ich es bemerkte, kletterte ich geschickt wie eine Gemse durch das mir gewohnte Terrain zu ihr hinunter, reichte ihr meine rechte Hand und zog sie den steilen Hang von Tritt zu Tritt immer höher hinauf.

Wir kamen nur sehr langsam voran, und so waren wir beide unter der heißen Augustsonne, die erbarmungslos auf uns niederbrannte, bald schweißgebadet. Endlich erreichten wir einen kleinen Vorsprung, der vom Regen ins Gestein gewaschen und von mir etwas verbreitert worden war. Er befand sich kurz vor dem Ausstieg. Ich konnte mit meinen Händen schon den grasbewachsenen Rand der Schottergrube erreichen. Eng aneinander gedrängt standen wir auf dem sich leicht nach unten neigenden Vorsprung. Zum ersten Mal wurde es Stutzi bewusst, wie hoch sie bereits geklettert war, und Angst überkam sie. Für mich war der Ausstieg ein Kinderspiel, da ich ihn schon unzählige Male zuvor gegangen war. Nochmals einen Schritt gewagt, hinaus in die schräge Steile auf unsicherem Halt, ein rascher Klimmzug mit den Armen, und schon stand ich am oberen Rand der Grube.

Was für mich so leicht war, erwies sich für Stutzi als unüberwindlich. Völlig verkrampft stand sie hilflos da, unfähig weiter oder zurück zu gehen. Wortlos starrte sie ängstlich zu mir herauf. Sie war nahe daran, in Tränen auszubrechen. Geistesgegenwärtig legte ich mich auf den Bauch und streckte ihr meine Hände entgegen. Wenn sie die ihren hochhob, konnte sie die meinen leicht erreichen. Ich packte ihre kleinen Hände, bis sie sicher und fest in meinen lagen; dann begann ich zu ziehen. Keiner von uns sprach ein Wort. Unsere Blicke verbohrten sich ineinander. Plötzlich wurde ein Fenster der Villa ruckartig geöffnet und ich hörte eine Frauenstimme entsetzt aufschreien.

Inzwischen schienen Stutzis verzweifelt nach einem Halt suchenden Füße einen Tritt in der unebenen Schräge der Wand gefunden zu haben, denn ihr Gewicht verringerte sich, ihr Kopf erschien über dem Rand der Grube, danach ihr Oberkörper. Ich robbte instinktiv immer weiter zurück und zog und zog, bis Stutzis Körper in seiner gesamten Länge auf der Wiese vor mir lag. Hastige Schritte näherten sich uns. Stutzis Körper wurde hochgehoben; dabei wurden unsere noch immer ineinander verkrallten Hände gewaltsam getrennt. Ebenso hastig entfernten sich die Schritte wieder, während ich mich nur mühsam aufsetzte. Wie gelähmt und ohne ein Wort starrte ich der Person nach, die Stutzi schimpfend von mir forttrug.

Ein Jahr sollte vergehen, bis wir uns wieder begegneten, denn ich kam schon einige Tage später mit Schulbeginn vom Bauernhof zu meinen Großeltern in die Stadt Gloggnitz, wo ich bis Kriegsende verblieb. Mit Stutzis Schuleintritt – sie war um ein Jahr jünger als ich – trafen wir uns wieder, meist vor oder nach dem Unterricht. Ich begleitete sie, wenn sich die Gelegenheit ergab, ein kurzes Stück auf ihrem langen Nachhauseweg. Dabei erzählte sie mir von ihren lästigen älteren Brüdern, über die sie sich immer ärgern musste; und ich berichtete ihr von meinem wunderschönen Kasperltheater, das ich zu Weihnachten vom Christkind geschenkt bekommen hatte. Kurz vor Kriegsende – im März 1945 – verkündete sie mir noch freudestrahlend, dass sie mich wieder zu sich nach Hause zum Spielen einladen dürfe.

Doch es kam nicht mehr dazu, denn einige Tage später – anfangs April 1945 – befanden wir uns alle auf der Flucht vor den Russen. Und als wir anfangs September von Tirol nach Hause zurückkehrten, war Stutzi bereits seit Monaten tot. Ein russischer Jeep hatte sie auf der Flucht bei St. Pölten überfahren und auf der Stelle getötet.

# Auf der Flucht

In den letzten Märztagen des Jahres 1945 schiebt sich Tag und Nacht ein nicht endenwollender Flüchtlingsstrom im Schritttempo die Hauptstraße von Gloggnitz entlang, dem nahen Semmering Pass und dem Höllental zu. Vom Fenster der großelterlichen Wohnung aus beobachte ich stundenlang neugierig, ja fasziniert, das hektische Treiben unter mir. Von Tag zu Tag wird der Flüchtlingstross dichter, bis er schließlich mit seinen von Pferden oder Ochsen gezogenen, hoch und schwer beladenen Wagen die gesamte Straßenbreite einnimmt und keinerlei Gegenverkehr mehr zulässt. In diesem aus Menschen, Tieren und Leiterwagen bestehenden Durcheinander haben einzelne verkeilte Autos keine Chance, rascher vorwärtszukommen. Das Rattern der Wagenräder auf dem Katzenkopfpflaster, das Rasseln der Ketten, das fremdländisch klingende Geschrei der Flüchtlinge aus südöstlichen Staaten Europas erfüllen Tag und Nacht die Enge der Straße vom Hotel „Zum schwarzen Adler" bis zur Dirnbacher Mühle.

Als dumpfer Kanonendonner zuerst vereinzelt, dann immer häufiger zu hören ist, steigen Nervosität und Hektik unter den Flüchtlingen, denn sie alle möchten der heranrückenden russischen Armee entkommen. Schließlich ist die Straße völlig verstopft und das Chaos perfekt. Zu diesem Zeitpunkt schließt sich dem endlosen Flüchtlingsstrom ein mit Flüchtlingen aus Gloggnitz schwer beladener LKW an. Auf seiner metallenen Ladefläche hocken zahlreiche Frauen und Kinder, darunter auch Großmutter und ich, auf ihren wenigen Habseligkeiten, die ihnen die Enge des Raumes mitzunehmen gestattet. Die Stimmung ist deprimiert bis gereizt-aggressiv.

Tagelang sind wir auf den verstopften Fluchtrouten nach Westen über Bruck an der Mur, Selztal und Liezen unterwegs. Bei Schönwetter genieße ich den freien Blick auf die sich nur sehr langsam verändernde Landschaft, bei Schlechtwetter dösen wir alle unter einer Plane in stickiger Luft teilnahmslos vor uns hin.

Drei Tage und drei Nächte verbringen wir zusammengepfercht auf dem überfüllten Lastwagen. Gruppenweise treten wir aus; die einzige Aktivität, die uns für die Dauer einiger Minuten etwas Bewegungsfreiheit für unsere bereits völlig steifen Glieder erlaubt. Wer anfänglich gehofft hat, sich vielleicht doch ein kleines bisschen Intimsphäre beim Austreten bewahren zu können, wird sofort von der harten Wirklichkeit eines Besseren belehrt. So verrichten Frauen, Männer und Kinder nebeneinander ihre Notdurft – vor den apathischen Blicken des langsam vorbeitrottenden, endlosen Flüchtlingsstroms.

*Das Hotel „Zum schwarzen Adler" in Gloggnitz, das im Verlauf der Kriegswirren 1945 vollkommen ausgebrannt ist. Heute steht das neue Raika-Gebäude an diesem Platz.*

Am Abend des vierten Tages treffen wir völlig erschöpft in dem kleinen Bauernort Bad Mitterndorf im Salzkammergut ein, wo wir von einem sichtlich überforderten Vertreter der Gemeinde in die in ein Flüchtlingslager umfunktionierte Schule des mit Flüchtenden überfüllten Ortes eingewiesen werden. Obwohl wir diese Nacht wie Sardinen geschlichtet auf einer dünnen, bereits zusammengepressten Strohschicht auf dem Fußboden unter ständigem Kommen und Gehen von Flüchtlingen verbringen müssen, schlafen wir Kinder traumlos tief bis zum Morgen. Da wir infolge des starken Andranges nur eine einmalige Nächtigungserlaubnis erhalten haben, müssen wir früh aufstehen, um weiterzufahren. Zum Frühstück gibt es eine Schnitte Brot für uns Kinder, während sämtliche Erwachsenen leer ausgehen.

Da erspähen kurz vor der Abfahrt die Luchsaugen meiner Großmutter, einer Ordnungs- und Reinlichkeitsfanatikerin, in einer Ecke der Klasse ein ziemlich verschmutztes Waschbecken. Zielstrebig wie immer steuert sie – natürlich mit mir – auf diese willkommene Waschgelegenheit zu, um ihren ihr nur sehr widerstrebend folgenden Enkel einer bereits höchst notwendigen Gesichtswaschung zu unterziehen, von deren Notwendigkeit dieser aber ganz und gar nicht überzeugt ist. Glücklicherweise erlauben es ihr die Umstände nicht, eine ihrer zeitaufwändigen Ganzkörperwaschungen an mir vorzunehmen. Dafür bearbeitet sie mein Gesicht bei dieser seifenlosen Waschung in der verstöpselten Muschel mit besonders hartnäckiger Intensität. Mit geschlossenen Augen ergebe ich mich hilflos diesem spontanen Ausbruch großmütterlicher Waschkraft.

Als sie mein Gesicht zum Atemholen kurz auftauchen lässt, sehe ich eine Frau mit prall gefülltem Nachttopf neben uns stehen. Sie unterhält sich sehr angeregt mit Großmutter, während ihr ominöses Gefäß sich unmerklich immer tiefer in Richtung Waschmuschel neigt. Ich will gerade den Mund öffnen, um lautstark auf die mir drohende Gefahr hinzuweisen, da drückt Großmutters starke Hand mein Gesicht auch schon wieder resolut unter Wasser, das sich plötzlich lauwarm anzufühlen beginnt und einen eigenartigen Geschmack auf den Lippen hinterlässt. Verzweifelt drücke ich meinen Kopf hoch und schiele – nur mit meinem rechten Auge – durch die trübe Flüssigkeit nach oben. Noch immer sind Großmutter und die Unbekannte mit dem weitbauchigen Nachttopf ins Gespräch vertieft. Und beide setzen, ungeachtet meiner Bemühungen, dem Verhängnis zu entrinnen, ihre Aktivitäten unbeirrt fort: die eine leert den nächtlichen Urin ihrer Kinder – ohne es zu bemerken – seelenruhig in meine Waschmuschel, während die andere das Gesicht ihres Enkels mit Hingabe schrubbt.

Noch einmal, zum letzten Mal, wird mein Gesicht trotz meines Entgegenstemmens, Prustens und Winselns in verwässerten Kinderurin getaucht. Dann zieht Großmutter kräftig am Stöpsel und mein Gesicht aus der gelblichen Brühe empor und trocknet es rasch mit einem verdreckten, feucht-miefigen Fetzen ab, während ich laut losheulend meinen Frust über das unappetitliche Gesichtsbad herausschreie. Einige Augenblicke betretenes Schweigen; dann brechen beide Frauen in Gelächter aus, und schlagfertig wie immer sagt Großmutter belustigt zu mir: „Wos glaubst, wos du fia r an schein Teint davou kriag'n wiast. D'Madln wean si hauff'nweis um di reiss'n."

So kam ich als Siebenjähriger zu einer höchst unüblichen Gesichtswaschung – im ohnehin so wasserreichen Salzkammergut.

# Ein wahrer Dorfskandal

Unsere mehrwöchige Flucht führt uns über Salzburg und Innsbruck und verschlägt uns schließlich ins Nordtiroler Lechtal, wo die Gloggnitzer Flüchtlingsgruppe, die hauptsächlich aus Frauen und Kindern besteht, Ende April 1945 eintrifft. Zwar werden wir von einem Großteil der einheimischen Tiroler Bevölkerung abgelehnt – "Wad's daham bliem" ist noch der harmloseste Vorwurf, den wir ständig zu hören bekommen – finden aber doch für die nächsten Monate Unterschlupf in einem Klassenzimmer der Volksschule des kleinen abgeschiedenen Bauerndorfes am Ende der zivilisierten Welt. Aber sogar hier werden wir schon bald erneut vom Krieg eingeholt, diesmal jedoch in Form französisch-marokkanischer Soldaten, deren dunkle bis schwarze Hautfarbe sie in unseren Augen zu fremden Teufeln macht, denen man weder bei Tag und schon gar nicht bei Nacht über den Weg laufen möchte.

Während der mehrtägigen Umbruchswirren kommt es zu vereinzelten Übergriffen seitens der Einheimischen und der Besatzungsmacht. So erzwingt sich eines Abends die hungrige Dorfbevölkerung den Zugang zur versperrten Käserei und bemächtigt sich sämtlicher darin gehorteter wagenradgroßer Emmentaler Laibe, die freudig und atemlos die staubige Dorfstraße entlang dem trauten Heim entgegengerollt werden, wo man sie rasch im Heu des Dachbodens vor dem Zugriff der Besatzungsmacht und der örtlichen Ordnungsorgane versteckt.

In den Wochen danach ist Emmentaler Käse Hauptnahrungsmittel, begehrtes Zahlungsmittel und Tauschobjekt für sämtliche Familien im Dorf, auch für uns Flüchtlinge. Es gibt Emmentaler – selbstverständlich ohne Brot, denn jede Familie erhält wöchentlich nur einen Brotwecken zugeteilt – zum Frühstück, zum Mittag- und zum Abendessen, was schon nach einigen Tagen bei allen zu ernstlichen Verdauungsproblemen führt. Da großmütterliche Liebe mir aber auch noch einen Teil ihrer Ration zukommen lässt, erweist sich mein gedärmliches Innenleben schon bald als rettungslos verstopft, und selbst gutgemeinten Ratschlägen großmütterlicherseits vor der WC-Tür „Druck nua festa, Bua! Wiast seg'n, glei wiad ois rullat" gelingt es nicht, auch nur etwas Bewegung in die festgefahrene Situation zu bringen. Mit dem zunehmenden Umfang meines Bäuchleins wird Großmutters Miene von Tag zu Tag besorgter und eines Morgens verkündet sie nach bei allen anderen Müttern eingeholtem Rat unheilvoll nach dem Frühstück: „Heit muaßt zua Hebamm, Bua!", was in mir Siebenjährigem nicht gerade positive Reaktionen auslöst.

Als Adi, mein vierzehnjähriger und bereits leicht beschnurrbarteter Cousin – damals mein Vorbild in allen Lebenslagen – daraufhin in einen minutenlangen Lachkrampf verfällt, von dem er sich kaum erholen kann, versuche ich von meiner angeschlagenen Männlichkeit zu retten, was noch zu retten ist, und starte zaghaft einen Versuch, zu widersprechen; aber ein Blick in die stahlgrauen Augen meiner Großmutter sagt mir, dass jeglicher Widerstand vergeblich ist. Und so begebe ich mich mit meinem von Emmentaler Käse schwangeren Bäuchlein an einem späten Mainachmittag an der Hand meiner Großmutter zur Hebamme, die seit der Flucht des Dorfarztes auch dessen Funktionen ausübt. Tante Aurelia, meine Lieblingstante, begleitet uns, um uns beiden in meiner schweren Stunde mit Rat und Tat beizustehen.

Nach halbstündigem Fußmarsch die endlose Dorfstraße entlang, wo marokkanische Soldaten im Jeep auf und ab patrouillieren, erreichen wir die Stätte meiner bevorstehenden schweren Niederkunft, wo sich eine korpulente, resolute Bäuerin mit Gretlfrisur sofort fachkundig meines prall gefüllten Bäuchleins annimmt. Ich muss mich in einer stillen Kammer in frisch überzogene Ehebetten legen, deren imposante Bauerntuchenten wie eine Festungsmauer zu meiner Linken aufgebaut sind. Unter mir hat die freundlich blickende Frau einen besonders großen Fleck grobes Kautschukmaterial ausgebreitet. „Für den Fall einer Panne", erklärt sie kurz, ohne näher darauf einzugehen, ob sie mich oder ihr voluminöses Gefäß, das mit trüber Seifenlauge gefüllt ist, für so pannenanfällig hält.

Mit fachkundiger Hand führt mir diese fremde Frau ein mit dem Gefäß verbundenes Schläuchlein in jenen intimen Körperteil ein, der infolge meines übertriebenen Genusses von Tiroler Emmentaler funktionsuntüchtig geworden ist; und während Großmutter das Gefäß in die Höhe halten muss, überprüft die Bäurin in kurzen Abständen, ob wir beide – das Schläuchlein und ich – an der lebenswichtigen Stelle auch dicht halten. Obwohl ich mir in den vergangenen Tagen schon wie ein Wolf mit mindestens fünf Geißlein im Bauch vorgekommen bin, fühle ich mich nach der völligen Leerung des Gefäßes, als sei ein sechstes hinzugekommen. Fünfzehn Minuten lang vernehme ich nichts als das Ticken einer Uhr im stillen Raum und das Summen einer Fliege am Fenster, während die drei neben mir sitzenden Frauen mit hoffnungsvoller Zuversicht auf das Einsetzen meiner ersten Wehen warten. Aber nichts passiert. Der Tiroler Emmentaler erweist sich hartnäckiger als die schwache Seifenlaugenfüllung. So wird mir ein zweiter, diesmal aber schon stärkerer Einlauf verpasst, wonach ich mich völlig in die Lage des Wolfes mit den sieben Geißlein versetzen kann. Oder ist es bereits die Wackersteinfüllung?

Wieder langes vergebliches Warten. Nach ihrem zweiten Misserfolg greift meine resolute Hebamme entschlossen zu einem nur mehr bodenbedeckten Fläschchen, schüttet den Rest der Flüssigkeit auf einen Löffel und macht eine unmissverständliche Handbewegung, aus der ich ersehen kann, dass ich diese ölige Flüssigkeit zu schlucken habe, was ich nur widerwillig tue. Während ich das ekelhaft schmeckende Öl gehorsam hinunterwürge, sagt sie beruhigend lächelnd zu uns dreien: „Waunn's vou hint net geht, daun proubian ma's hoit amoi vou vuan."

Inzwischen ist es halb sieben Uhr abends geworden, und da um halb acht Uhr die nächtliche Ausgangssperre droht, werden Großmutter, Lieblingstante Aurelia und Hebamme hektisch. Sie nötigen mich, ohne das bevorstehende freudige Ereignis abzuwarten, die eheliche Bettenfestung meiner Hebamme zu verlassen; und nachdem Großmutter als Bezahlung – na was wohl? – ein besonders großes Stück Emmentaler auf den Bauerntisch gelegt hat, wandern wir drei wieder die endlose Dorfstraße zu unserer Flüchtlingsunterkunft zurück.

Ich fühle mich wie ein viel zu stark aufgeblasener Luftballon vor dem Zerschnalzen. Nach zehnminütigem Fußmarsch spüre ich in meinem zum Platzen gefüllten Gedärm ein eigenartiges Ziehen, das sich in den nächsten Minuten immer häufiger wiederholt und an Intensität zunimmt. „Oma, i hob sou Bauchweh", stelle ich mit weinerlicher Stimme fest. "Glei! Glei samma daham, Hubert", versuchen mich Großmutter und Lieblingstante Aurelia mit eigenartig erregter Stimme zu beruhigen. Sie beschleunigen ihren Gang, ohne zu bedenken, dass sie dadurch auch meine verfrühte Niederkunft beschleunigen. Wir hasten an der Dorfkirche vorüber, deren Tor sich soeben öffnet, um andächtige Gläubige nach erbaulicher Maiandacht ins raue Leben zu entlassen.

Als die Ersten gemächlichen Schrittes aus dem Tor treten, birst bei mir der letzte Damm. Großmutter und Lieblingstante zerren mich zur nahen Dorflinde, einem allseits beliebten Treffpunkt auf dem Platz vor der Kirche. Sie versuchen, mir hastig, aber leider viel zu spät, die kurze Lederhose, mein einziges Kleidungsstück, vom Leib zu ziehen. Inzwischen haben aber die aufgestauten Urgewalten zweier Einläufe, verstärkt durch die treibende Kraft von Rizinusöl, meine letzte Schleuse durchbrochen, und so brandet die erste Flutwelle in meine Lederhose. Kurz darauf zerbirst vor den erstaunten Augen fassungsloser Tiroler Kirchgänger der zweite Hochdruckstrahl an der allseits beliebten Dorflinde. Nachdem mein Bäuchlein um zwei Einläufe und Unmengen von Emmentaler erleichtert worden ist, enteilen wir drei fluchtartig und verstört dem Ort unserer öffentlichen Schande – ich umständehalber sogar ohne Lederhose.

So entfesselte ich als siebenjähriger niederösterreichischer Kriegsflüchtling durch mein unsittliches Betragen an einer Tiroler Dorflinde – am Kirchplatz und noch dazu nach einer Maiandacht – einen wahren Dorfskandal.

## Frostige Tage

*Advent 1945* - Im Herbst kehren wir nach Hause zurück, wo die ausgebrannte Wohnung meiner Großeltern unbenützbar und der Rohbau in der Hoffeldstraße noch nicht beziehbar ist. Sie finden vorübergehend Unterschlupf in einem kleinen, sehr feuchten Raum. Infolge der unerträglichen Beengtheit im großelterlichen Haushalt und der bedrohlichen Knappheit an Lebensmitteln muss ich wieder auf den Bauernhof meines Stiefvaters zurückkehren, was ich nur ungern tue, weil meine negativen Eindrücke als Kleinkind noch immer sehr stark in meiner Erinnerung gegenwärtig sind.

Die langen, dunklen Abende dieser schweren und unruhigen Zeit sind mir noch immer in lebhafter Erinnerung, obwohl sie schon mehr als ein halbes Jahrhundert zurückliegen. Jeder am Bauernhof flüchtet nach dem Stallgehen vor der alles durchdringenden nebeligen, feuchten Kälte in die Küche, den einzigen beheizten Raum des Wohnhauses, wo ein breiter gemauerter Herd wohlige Wärme verbreitet. Glücklicherweise können wir uns mit dem nötigen Brennholz aus unserem nahegelegenen Wald versorgen, während die in der Stadt lebenden Verwandten es zu Höchstpreisen, manchmal sogar zu Wucherpreisen oder im Tauschhandel erstehen müssen, wobei manch ein seit Jahrzehnten sorgsam gehütetes Familienerbstück oder manch kostbares Schmuckstück ungewollt den Besitzer wechselt.

Mein Stiefvater hält für sich stets das wärmste und damit auch beste Plätzchen der Küche reserviert, das ihm seiner Meinung nach als Oberhaupt der Familie zusteht. Der hagere, hochgewachsene Mann thront über uns erhöht auf einem als Unterlage dienenden Nudelbrett auf der breiten metallenen Berandung des wuchtigen Küchenherdes und lehnt genüsslich an der warmen Kaminmauer. Keiner von uns, weder Mutter noch wir drei Kinder, vom Knecht und der Magd ganz zu schweigen, wagt es, ihm diesen Vorzugsplatz streitig zu machen, um den ihn jeder beneidet. Und er selbst kommt nie auf den Gedanken, ihn einem von uns auch nur ein einziges Mal zu überlassen.

Sobald ich jedoch bemerke, dass eine Backe jenes Körperteiles, auf dem er sitzt, zufällig vom Nudelbrett auf die stählerne Herdplatte gerutscht ist, was gar nicht so selten vorkommt, eile ich Achtjähriger übereifrig zum Herd, wenn das Feuer herabgebrannt ist, stecke mehr Brennholz als nötig in die feurige Glut, öffne die Lüftungsklappe des Herdtürls weiter als erlaubt und warte gespannt auf das

Ergebnis meiner bösen Tat. Je tiefer er schläft, umso später erfolgt seine ruckartige Reaktion. Während er sein stark überhitztes Hinterteil rasch aufs Nudelbrett in Sicherheit bringt, raunzt er uns mit schmerzlich verzogenem Gesicht verärgert an: „Fix no amoi! Wuit's mi brot'n? Do hot schou wieda r amoi ana d'Kloppn voum Headtirl off'n loss'n!"

Diese langen, endlos scheinenden Abende geben unserem alten, meist missmutig gelaunten und schweigsamen Knecht Josef reichlich Gelegenheit, dringend notwendige Reparaturarbeiten an Hof- und Küchengeräten durchzuführen. Manchmal bindet er frisch gebrochenes, zartes Weidenreisig zu Hofbesen zusammen, manchmal schnitzt er mit seinem uralten Taschenfeitl für Mutter hölzerne Kochlöffel in verschiedenen Größen oder Sprudler aus quirrligen Astgabeln. Und beginnen Mutters riesige, dünnwandig gewordene Sauhefen oder ihre wenigen alten, abgestoßenen Küchenreindln zu lecken, werden sie von unserem Knecht geschickt und rasch abgedichtet. Weggeworfen wird in dieser Zeit allgemeiner Not nichts, aber schon gar nichts, denn alles Vorhandene muss repariert werden, alles im Augenblick nicht Verwendbare kann man ja irgendwann einmal wieder verwenden.

Während Josef in dem ihm eigenen langsamen Tempo stillschweigend dahinwerkt, widmen sich Mutter und die alte Lenzin geschwätzig den dringendsten Näh- und Flickarbeiten, die in einem weiten geflochtenen Wäschekorb aufbewahrt werden. Aber weder Zwirn noch Stopfwolle stehen dabei zur Verfügung. Diese sind auch in Geschäften nicht erhältlich. Mit viel Glück kann Mutter hie und da eine Spule Zwirn oder ein Knäuel Stopfwolle im Schleichhandel gegen einen Rucksack Äpfel oder eine Tasche Erdäpfel auftreiben.

An einem frostig kalten Dezembertag erhalten wir von einem frierenden Gloggnitzer Geschäftsmann für eine kleine Ladung Brennholz fünf große Säcke Schafwolle. Ein Tausch, der bei meinem Stiefvater keine Begeisterung auslöst, bei den beiden Frauen jedoch Entzücken hervorruft. Sofort werden die beiden bisher noch nicht gestohlenen Spinnräder vom Dachboden heruntergeholt, und ein emsiges Räderschnurren und Spinnen setzt ein, an dem sogar ich teilnehmen darf, sobald ich meine täglichen Hausaufgaben beendet habe. Zwar gerät mein Wollfaden entweder zu dick oder zu dünn, aber dies stört Mutter nicht. Sie verwendet den von mir mit viel Freude und Eifer gesponnenen fehlerhaften Wollfaden zum Stopfen, wobei sie notgedrungen auch vor Stiefvaters schwarzen Sonntagsstutzen nicht zurückschreckt, wofür ihr dieser aber ganz und gar nicht dankbar ist. Sein ohnehin nur schwacher Protest wird von Mutters scharfem Blick und ihrer in gereiztem Ton an ihn gerichteten lakonischen Frage: „Megst ma net sog'n, von wou i a schwoaze Stoupfwui hernehma sui?" sofort zum Verstummen gebracht.

Die von Mutter und der Lenzin in unermüdlicher Nachtarbeit gesponnene Wolle verstricken die beiden zu Kinderpullovern, Kinderhauben, Kinderschals, Kinderfäustlingen und Kinderstutzen, womit die restlichen Abende der Adventzeit fast zur Gänze ausgefüllt sind. Nachdem jedes von uns drei Kindern die am dringendsten benötigte Wollbe--kleidung erhalten hat, verschwindet der Rest des Gestrickten in Verstecken, die über den ganzen Hof verstreut sind, damit bei einer nächtlichen Plünderung durch russische Soldaten unser kostbarer Wollschatz nicht zur Gänze verloren geht.

# Sergej, ein freundlicher Feind

An manchen Abenden erhalten wir unverhofft Besuch von Sergej, einem immer gut aufgelegten, freundlich lächelnden, älteren russischen Offizier, der in der Nachbarschaft einquartiert ist. Er kommt stets auf einem gestohlenen Herrenfahrrad angefahren, auf dem ich ganz allein das Radfahren üben darf; sehr zum Leidwesen meiner beiden Halbbrüder, die dafür noch viel zu klein sind und mich glühend beneiden. Auch dann, wenn ich eine meiner vielen ungewollten Brez'n reiße und dabei dem gestohlenen fremden Eigentum eine weitere Blessur versetze. Aber Sergej hat dafür volles Verständnis. Er scheint mich sehr zu mögen, denn er sagt immer wieder beruhigend grinsend zu mir: „Rad kaputt, Sergej cholen andere Rad für Chubert."

Mein großer russischer Freund, auf den ich sehr stolz bin, bringt Mutter und der Lenzin seine zerrissene Wäsche zum Nähen, Flicken und Stopfen, manchmal auch eine kleine Spule grobes Garn, hie und da sogar weißen oder schwarzen Zwirn, jedes Mal jedoch zwei kleine Tüten aus zerknittertem Zeitungspapier, die er Mutter feierlich überreicht, was ihm einen dankbaren Blick ihrerseits einbringt.

Die eine Tüte enthält etwas Salz, die andere etwas Zucker, was Mutter in der vorweihnachtlichen Zeit sehr gelegen kommt, denn selbst, wenn sie sehr viel Geld hätte, könnte sie weder Salz noch Zucker in Geschäften kaufen. Sowohl Salz als auch Zucker sind nämlich rationiert und nur auf Lebensmittelkarten und in sehr kleinen Mengen zu haben. Manchmal ist Zucker trotz Vorweisens der Zuckermarken oft wochenlang nicht erhältlich — wegen Transportschwierigkeiten, wie Mutter bedauernd feststellt.

Behutsam leert sie den Inhalt der beiden abgegriffenen Tüten in zwei Dosen. Eine davon, die Zuckerdose, stellt sie außer Reichweite von uns Kindern zuhöchst auf die Küchenkredenz. Dabei blickt sie uns tief und fest in die Augen und erklärt geheimnisvoll, die sei fürs Christkind und dürfe von uns nicht angerührt und schon gar nicht geöffnet werden, denn das mache das Christkind wirklich böse, und dafür gäbe es dann eben weniger Geschenke zu Weihnachten. Eine gefährliche Drohung, die mich anfänglich auch Abstand halten lässt von dieser unheilbringenden Büchse.

Aber meine bereits seit vielen Monaten ungestillte Gier nach Süßem erweist sich stärker als meine Angst, keine Geschenke unter dem Christbaum vorzufinden, und so schleppe ich in Momenten, in denen ich allein in der Küche bin, was äußerst selten vorkommt, einen schweren hölzernen Stuhl vom massiven Bauerntisch zur Küchenkredenz, besteige ihn so rasch ich kann und öffne mit schlechtem Gewissen die lockende Zuckerdose. Ich leere wenig, nur sehr wenig von ihrem verbotenen Inhalt in meine kleine hohle Hand und schlecke die winzigen, schmutzigweißen Kristalle gierig in mich hinein. Nachdem ich einige Male der süßen Versuchung erlegen bin, bin ich mir sicher, diesmal bei der Geschenkeverteilung am Weihnachtsabend leer auszugehen.

Jedes Mal, wenn mein russischer Freund Sergej zu Besuch kommt, bringt er, sehr zur Freude der Erwachsenen, „Russki Tschai", russischen Tee, mit, der ebenfalls in sämtlichen Geschäften Mangelware ist. Aus einer fast pulverisierten, festgepressten schwarzen Masse bereitet Mutter ein heißes ungezuckertes Getränk zu, das zwar nach nichts schmeckt, aber wohlig warm den hungrigen Magen füllt.

Zur Feier des Tages erhebt sich Stiefvater sogar von seinem Lieblingsplatz, dem warmen Nudelbrett am Herd, und holt aus dem eiskalten Keller eine dort hinter lockeren Ziegeln sorgfältig versteckte, nur mehr halb gefüllte

Flasche Schnaps, aus der er nur einige wenige Tropfen jedem Erwachsenen ins Teeheferl leert. Dabei erhält Sergej immer das meiste, unser alter Josef und die Lenzin das wenigste.

Häufig kommt Sergej auf seine Familie zu sprechen, die seit Jahren in Russland auf ihn wartet, weit hinter dem Ural, wie er sagt. Ich kann es nicht glauben, dass eine Reise dorthin – und noch dazu mit einem Zug – zwei ganze Wochen dauert. Wie groß die Welt doch ist, denke ich bei mir. Wenn Sergej von seiner „Schena", seiner Frau, und seinen „Detei", seinen Kindern, spricht, beginnen seine Augen zu glänzen, und seine rechte Hand zieht automatisch aus der linken Brusttasche seiner abgetragenen Uniform eine uns schon längst bekannte, vergilbte und zerknitterte Schwarzweißfotografie hervor, die er liebevoll anblickt, bevor er sie stolz wieder einmal im Kreise herumreicht. Dabei rutschen die abgestoßenen Ärmelenden seiner Uniform höher, und einige Armbanduhren werden am rechten Unterarm sichtbar, bei deren Anblick Stiefvaters Augen größer zu werden beginnen, denn der Arme hat nicht einmal mehr eine.

Manchmal kann ich unseren Knecht mit nickendem Kopf und einem schweren Seufzer halblaut vor sich hinmurmeln hören: „Jo, jo. Ura, ura – russische Kultura!". Dabei funkeln seine Augen spöttisch; und nachdem Sergej uns verlassen hat, erzählt Josef uns – zum wievielten Male eigentlich? – die unglaubliche, aber wahre Geschichte von der „Sabralnaja Maschina", eine Geschichte, die wir alle jedes Mal erneut gerne hören.

Ein russischer Soldat habe, so sei ihm erzählt worden, seine vom Acker weg gestohlenen und noch mit Erde verdreckten Erdäpfel waschen wollen. "Owa net in da Owosch! Sondan am Heisl!" Sobald die letzten drei Worte ausgesprochen sind, blickt er erwartungsvoll in die Runde, woraufhin jedes Mal Gelächter und Kopfschütteln seitens der aufmerksam lauschenden Zuhörer einsetzt. „Ea ziagt an da Keitn. Deis Wossa schiasst owa und schwappt eam di dreickig'n Eadöpfi aus da Klomuschl davou. Z'erscht schaut da Russ bled, daun fluacht ea, schreit „Sabralnaja Maschina", ziagt sei Puschka und zaschiaßt di gaunze Klomuschl mit saumt'n Deckl in taus'nd Stickl".

Der ansonsten so schweigsame Josef gerät während seiner Erzählung jedes Mal wieder in fassungslose Erregung. Nachdem er die verschiedenen Reaktionen seiner Zuhörerschaft kurz abgewartet hat, fügt er abschließend ungläubig und düster hinzu: „Und vou souwos san mia befreit wuan." Woraufhin erneut allgemeines zustimmendes Nicken und Kopfschütteln erfolgt.


## Neuigkeiten aus der Stadt

Außer Sergej kommt nur sehr selten abends Besuch, denn jeder meidet die unbeleuchteten Straßen, sobald es dunkel geworden ist, in dieser unsicheren Nachkriegsadventzeit. Nur allzu oft hört man von nächtlichen Raubüberfällen und Vergewaltigungen, die entweder betrunkene Russen oder einheimische kriminelle Elemente in russischen Uniformen auf offener Straße verüben. Daher wird jedes Wiedersehen mit Großmutter und Großvater gefeiert – bei einem Glas heißer Milch mit einigen Tropfen Schnaps darin aus Stiefvaters versteckter Schnapsflasche, deren Inhalt langsam abnimmt. Großmutter weiß immer aufregende Neuigkeiten zu berichten.

In der Stadt nehme kein einziges Schuhgeschäft vor Weihnachten mehr Schuhreparaturen an, da es kein Leder, vor allem kein Sohlenleder mehr gebe. So müssen sie und

Großvater Zeitungspapier in die immer löchriger werdenden Schuhe stecken, um ihre nassen und kalten Füße wenigstens etwas vor Regen und Kälte zu schützen. Sämtliche Lebensmittelgeschäfte der Stadt seien fast leer, und es gebe darin fast nichts mehr zu kaufen. Im Gasthof Weiß aber, dort könne man im Tauschhandel mit den Russen Lebensmittel wie Mehl, Zucker und Salz für kostbaren Schmuck erstehen. Eine Bekannte habe sogar schon ihren Ehering gegen Lebensmittel eingetauscht, um wenigstens zu Weihnachten mit ihrer Familie nicht hungern zu müssen. Und sie habe für einen Ehering aus Gold nur ein Kilo Mehl und ein Kilo Zucker erhalten! Dies sei eine Unverschämtheit!

Die englische Besatzungszone in der Steiermark jenseits der russischen Demarkationslinie am Semmering sei ja direkt ein Paradies auf Erden, verglichen mit den unerträglichen Zuständen in unserer von Russen besetzten Zone in Niederösterreich. Einen Passierschein von den Russen für die englische Zone müsste man halt haben; es sei aber sehr schwer, wenn nicht gar unmöglich, einen solchen Passierschein zu erhalten. So sei der Gruber Pepperl heimlich des nachts auf gefährlichen Schleichwegen über den Kreuzberg und über die Rax nach Mürzzuschlag und wieder zurückgewandert. Dabei sei er von russischen Soldaten in den Wäldern an der Grenze beschossen worden und habe einen ganzen Rucksack voll Lebensmittel aus der englischen Besatzungszone nach Hause geschleppt.

In Schottwien habe eine im Straßengraben liegende Granate einem damit hantierenden jungen Burschen beide Hände abgerissen! Und in Trattenbach, in Trattenbach sei eine fünfundzwanzigjährige Frau und Mutter von zwei Kindern beim Holzsammeln im Wald auf eine Granate getreten und von ihr zerfetzt worden. Es werde noch viele, viele Jahre dauern, bis man in den mit Sprengkörpern aller

70

Art übersäten Wäldern wieder ungefährdet nach Holz, Beeren und Schwammerln werde suchen können.

Gestern habe sie glücklicherweise eines ihrer beiden gestohlenen Ehebetten und ihren beschädigten Schlafzimmerkasten im Turnsaal der Gloggnitzer Schule entdeckt, wo zurückgegebenes Plünderungsgut gehortet und ausgestellt werde, um wieder den rechtmäßigen Besitzer zu finden.

Und ob wir den Skandal um Frau Knoteks gestohlene Bluse schon gehört hätten? Noch nicht? Naaa ... Großmutter unterbricht ihren Redefluss mit einem vielsagenden Lächeln, dann erzählt sie genüsslich den neuesten Gloggnitzer Adventskandal. Frau Knotek, eine ehrenwerte Bürgerin unserer Stadt, habe beim Kinobesuch, im Fimbinger Kino, rein zufällig am Körper einer anderen Kinobesucherin eine von ihr selbst bestickte und von ihrem Wäschestrick gestohlene Bluse sofort wiedererkannt. Kurz entschlossen sei Frau Knotek dieser Frau mit der gestohlenen Bluse in den Weg getreten und habe sie vor allen anderen Kinobesuchern im scharfen Ton gefragt: „Wissen Sie eigentlich, dass sie a Blus'n von mir anhob'n?" Daraufhin habe die Frau, die in der gestohlenen Bluse, lauthals ihre Unschuld beteuert, während der Mann von der Frau in der gestohlenen Blus'n „wi r a ang'moita Tirk mit an Bluza so rot wi r a Paradeiser" sprachlos danebengestanden sei. Aber auch Frau Knoteks Ehemann habe nicht gerade einen glücklichen Eindruck dabei gemacht.

Als die Frau in der gestohlenen Bluse nicht aufgehört habe, ihre Unschuld zu beteuern, sei Frau Knotek ganz nahe an sie herangetreten, habe die Bluse mit beiden Händen ergriffen und fest entschlossen gesagt: „Entweda Sie ziang jetzt mei Blus'n sofuat aus oda i reiß ihna voa olle Leit do im Kino in Fetz'n voum Keapa." Woraufhin die derartig attackierte Gloggnitzerin vor dem gaffenden Gloggnitzer

Kinopublikum die heiß umkämpfte Bluse weinerlich greinend ausgezogen und der energischen Frau Knotek übergeben habe, welche daraufhin sofort triumphierend den Kinoraum – mit ihrer Bluse und ihrem Ehemann – verlassen habe. Auch die andere Frau, die in der Combinege, die sei „a ausbuat wia r a Pfitschipfeu", aber erst nachdem sie ihren noch immer sprachlos und verdattert dastehenden Ehemann wütend angezischt habe: „Puidl, mia gengan!" Abschließend fügt Großmutter hinzu: „Daß d'Russ'n wia di Rob'n stöhn, deis wiss ma eh! Owa daß't vou d'eiganan Leit bestuin wiast, deis is wui di greßte Gemeinheit!"

Während Großmutters spannender Geschichte hat die 25 Watt Glühbirne, die unsere Küche nur matt erleuchtet, immer öfter zu flackern begonnen. Kaum ist ihre Erzählung zu Ende, erlischt sie zur Gänze. "Schou wie-da r a Stromausfoi", stellt die alte Lenzin ungerührt fest. Automatisch öffnet Mutter das Herdtürl, so dass das flackernde Herdfeuer den kleinen Raum in gespenstisches Rot taucht, holt die bauchige Petroleumlampe von der Kuchlkredenz herunter, entzündet sie mit einem brennenden Holzspan und stellt die ruhig brennende Lampe auf den massiven und bereits wurmstichigen Bauerntisch.

Stiefvater ist unruhig geworden. Er verlässt seinen Lieblingsplatz am warmen Herd und begibt sich auf einen seiner üblichen nächtlichen Rundgänge, um am Bauernhof nach dem Rechten zu sehen. Mit einem dicken hölzernen Stock bewaffnet, macht er sich im geflickten Bauernjanker auf den Weg. Auch nachts steht er manchmal auf und geht seine Runde durch den Bauernhof, denn es gibt nur allzuviele Gerüchte über Diebstähle und Raubüberfälle, vor allem auf Bauernhöfe, wo ausgehungerte Einheimische und marodierende Soldaten reiche Beute in Ställen und Kellern erhoffen. Während Stiefvaters Abwesenheit verebbt das Gespräch; erst als er seinen vorgewärmten Platz am Herd wieder eingenommen hat, belebt es sich erneut. Und Großmutter gibt zum Abschluss den allerneuesten Gloggnitzer Stadttratsch zum besten.

Über Frau .... Der Name dieser Frau wird mit vielsagendem Blick auf uns Kinder und nur für Erwachsene verständlich im Flüsterton ausgesprochen. Diese besagte Frau sei beim heimlichen Braten eines Stückes gehamsterten Fleisches von ihrer besten Freundin – wieder wird ein Name gewispert – überrascht worden. Die Freundin habe den Braten am Küchenherd stehen gesehen, als sie einen Blick durchs Küchenfenster geworfen habe, um sich zu vergewissern, ob jemand zu Hause sei. Nachdem sie an die Tür geklopft habe, sei lautes "Reindlgeklesche" kurz hörbar gewesen, und als die Tür geöffnet worden sei, seien Braten und Pfanne vom Herd verschwunden gewesen. Der Duft des Gebratenen aber, der sei noch zu riechen gewesen, den habe die besagte Frau denn doch nicht „sou schnö aus da Kuchl wegzauban keina."

Empört über diese Heimlichkeiten sei die „lästige" Besucherin absichtlich besonders lange bei „ihra beist'n Freindin" zu Besuch geblieben. Dabei sei es „in da Kuchl köda und köda wuan", ohne dass „Breinhuiz aus da Huizkistn" entnommen und eingeheizt worden sei. Was in der „lästigen" Besucherin, „die jo net sou bled woa", den Verdacht zuerst geweckt und schließlich bestärkt habe, dass „da Brot'n und die Pfaunn in da Huizkistn vasteckt woan". Ihre wiederholten Bemerkungen, es sei „heit owa schou recht koit in da Kuchl", habe besagte Frau „obsichtlich iwaheat". Schließlich sei die Besucherin gegangen, denn sie wollte sich „bei deim Sauweda, und nou dazua in ana saukoidn Kuchl jo net unbedingt dein Tod huin." „Nau jo, die beste Freindin is in schlechten Zeit'n a nimma deis, wos amoi woa." Mit dieser nüchternen Feststellung beendet Großmutter ihren unterhaltsamen Gloggnitzer Adventklatsch.

Aber nicht nur der tägliche Kleinkram, der schon schwierig genug zu bewältigen ist in dieser Zeit des Umbruchs, lastet schwer auf jedem einzelnen. Auch bedeutende politische Probleme, die es in dieser Epoche des staatlichen Neubeginns dringend zu lösen gilt, beschäftigen die Erwachsenen intensiv.

## „Großmutters Berater"
## wird Bundespräsident

Österreich liegt im Wahlfieber. Die erste Nationalratswahl nach dem 2. Weltkrieg findet am 25. November statt. Sie soll entscheidende und lebenswichtige Weichen für die Zukunft unseres Heimatlandes stellen. Noch heute höre ich die hitzigen Debatten der Erwachsenen, die nach getaner Arbeit abends in der Küche geführt werden. Sogar die alte Lenzin, die sich üblicherweise nur für Haushalts- oder Familienprobleme interessiert, beteiligt sich an den endlosen Diskussionen, indem sie nur einen einzigen Satz, diesen aber immer wieder refrainartig mit sorgenvollem Gesicht wiederholt: „D'Kommunist'n deaf'n net g'winna; sunst sitzt uns da Russ fia imma im G'nack". Wofür sie von allen zustimmendes Nicken erhält.

Am Sonntag, dem 18. November, tritt Staatskanzler Dr. Karl Renner im Gloggnitzer Arbeiterheim bei einer Wählerversammlung auf, wo er mit Begeisterung empfangen wird. Der Saal erweist sich als viel zu klein. Viele müssen im Vorraum, ja sogar noch vor dem Eingang auf der Straße seine mitreißende Ansprache anhören, die von allen Anwesenden stürmisch bejubelt wird. Sogar der alte Josef bezwingt seine Menschenscheu für einige Stunden, um noch lange danach kopfschüttelnd von den begeisterten Menschenmassen zu erzählen. Einzig und allein die alte Lenzin straft Arbeiterheim und Renner mit Verachtung. „Deis is a Plotz fia d'Sozis. Do g'hea i net hi!" erklärt sie jedem, egal ob er es hören will oder nicht.

In den Tagen vor der Wahl berichten die Zeitungen, dass die ersten Kriegsgefangenen aus Stalingrad heimgekehrt seien, was in der allgemeinen Freude darüber unseren nachdenklichen Knecht den Ausspruch tun lässt: „Jetzt san owa d'Kummaln auf Stimmenfang aus. Weamma seg'n, ob's eana wos bringt." Und alle im Raum nicken Beifall.

Am Wahltag beginnt das große Zittern. Am darauffolgenden Dienstag erfährt Stiefvater als erster von uns bei Erledigungen in der Stadt Gloggnitz das überraschende Wahlergebnis. Sofort eilt er nach Hause zurück und ruft uns alle auf der Stelle in der Küche zusammen. Sogar Josef und die Lenzin müssen von uns Kindern aus dem Stall geholt werden. Feierlich verkündet er das uns alle zutiefst beeindruckende Wahlresultat.

Wir Kinder können die Bedeutung dieses großen Augenblicks an der Freude der Erwachsenen nur erahnen. Stiefvater erklärt freudestrahlend, dass die ÖVP die meisten Mandate, 85 Mandate, jawohl, 80 und 5 Mandate, erhalten habe; die SPÖ 76, worüber unser Knecht nicht gerade begeistert zu sein scheint. Aber alle freuen sich riesig darüber, dass die Kommunisten nur über 4 Mandate verfügen; wofür Stiefvater jedem Erwachsenen sogar zwei Stamperln Schnaps, und noch dazu volle, spendiert. Und wir Kinder erhalten an diesem denkwürdigen Tag ausnahmsweise die Erlaubnis, länger auf-zubleiben. Beim abendlichen Treffen in der Küche wird nicht nur das erfreuliche Wahlergebnis noch einmal genauestens besprochen, sondern auch versucht, mit Hilfe sämtlicher zur Verfügung stehender Finger aller Anwesenden, die 290 Gloggnitzer aufzuzählen, die die Kommunistische Partei gewählt haben könnten.

In dieser unsicheren vorweihnachtlichen Zeit bewegt ein zweites bedeutendes Ereignis die noch immer zutiefst verängstigte und verunsicherte Bevölkerung: die von allen mit Sorge und Skepsis erwartete Währungsreform, die vom 13. bis zum 20. Dezember durchgeführt wird. Mit ihr hört die deutsche Mark auf, gesetzliche Währung zu sein, und der österreichische Schilling tritt an ihre Stelle. Überdies werden für den Sparer 60% aller Geldanlagen auf Zeit gesperrt, was bedeutet, dass nur 40% derselben für ihn verfügbar sind. Die meisten Sparer befürchten, dass sie diese 60% ihrer Ersparnisse für immer verlieren werden. In ihrer Verzweiflung greifen manche zur Pistole oder zum Strick. Am Bauernhof herrscht tiefe Niedergeschlagenheit und aggressives Misstrauen gegen jedwede staatliche Autorität, was in Josefs verbittertem Ausspruch zum Ausdruck kommt: „Deis waß i. Deis Göd seg'n mia nimma! Deis naht si entweda da Russ ei oda di Politika do ob'n."

Am 20. Dezember wird Staatskanzler Dr. Karl Renner, der am 14.Dezember sein 75. Lebensjahr vollendet hat, von der Bundesversammlung zum ersten Bundespräsidenten der Nachkriegszeit gewählt; ein Ereignis, das die Gemüter am abendlichen Herd viel weniger bewegt als Nationalratswahl oder Währungsreform. Die Wahl dieser allseits bekannten und beliebten Gloggnitzer Persönlichkeit gibt Großmutter d i e Gelegenheit ihres Lebens, sowohl im trauten Familien- und Verwandtenkreis als auch in der Öffentlichkeit die sie sehr bewegende Geschichte ihrer entscheidenden Begegnung mit dem Bundespräsidenten immer und immer wieder zu erzählen.

"Aunfaungs da Viaz'gajoa, jo, aunfaungs da Viaz'gajoa" sei es gewesen, da habe der Renner häufig Spaziergänge durch die Hoffeldstraße unternommen, wo Großvater und sie sich gerade ein kleines Eigenheim mit viel Ärger und Schweiß errichteten. Nur durch ihre Tüchtigkeit und Sparsamkeit sei es ihnen gelungen, mehr Ziegel zum Hausbau zusammenzuhamstern als damals, in Kriegszeiten, erlaubt gewesen sei. Mit diesem Mehr an Ziegeln hätten sie sich sogar einen kleinen Verandazubau leisten können, was allerdings damals, in Kriegszeiten, unter Strafandrohung verboten gewesen sei. Wochenlang seien sie deshalb im „Wigl-Wogl" gewesen, bis eines Tages der Renner wieder einmal am Gartenzaun vorbeispaziert sei, angehalten und mit ihr, einer einfachen Frau aus dem Volk, leutselig zu plaudern begonnen habe.

Sie habe sich daraufhin ein Herz genommen und dem „g'studierten Herrn" von ihrem großen Problem erzählt, woraufhin der Renner zu ihr, einer nur einfachen Frau aus dem Volke, lächelnd, sogar lächelnd, gesagt habe: „Wenn ich Sie wäre, Frau Holub, würde ich die Veranda so schnell wie möglich bauen, die ganze Zaunlänge der Straßenfront aber dicht begrünen, damit man's von der Straßenseite her nicht sehen kann. Es wär ja schad um die vielen Ziegel, Frau Holub."

Auf diese ermunternden Worte des Renners hinauf, die sie ihr ganzes Leben lang nicht vergessen werde, habe sie die gesamte Zaunlänge der Straßenfront mit dicht nebeneinanderstehenden, meterhohen Bohnenstangen bestückt und mit wildverfilzten Spalierbohnen überwuchern lassen. Und wirklich habe niemand etwas bemerkt, „net amoi da launge Spübichla" (Spielbichler/Stadtamtsdirektor von Gloggnitz). Und dann habe ihr der Renner zum Abschied sogar die Hand gereicht und geschüttelt.

Großmutter liebt es, die Geschichte ihrer denkwürdigen Begegnung mit dem Bundespräsidenten mit ein und demselben Satz zu beenden: „Ohne den Renner het ma heit ka

Veranda". Schon aus diesem Grund ist Großmutter diesem hohen „g'studierten Herrn" immer sehr gewogen gewesen – auch in der Wahlzelle – selbst wenn derselbe Sozialist war, sozusagen ein „Roter", eine Farbe, die sie in all den Nachkriegsjahren immer mit Misstrauen erfüllt hat, schon des Rots wegen, das auch die Kommunisten und Russen für sich beanspruchten.

# Advent 1945

Im Advent müssen wir Kinder früher als üblich ins Bett, denn das Christkind beginnt bereits seine aufwändigen Vorbereitungen zu treffen. Vor dem Zubettgehen waschen wir Kinder Gesicht und Hände mit kaltem Leitungswasser an der Abwasch, und meistens ohne Seife, denn diese ist in den Geschäften nicht zu haben.

Ganzkörperwäsche gibt's nur einmal wöchentlich am Samstag, üblicherweise im Lavoir. Wasser wird in großen Mengen wiederholt am Küchenherd in riesigen Sauhefen erhitzt, und wir Kinder sind die ersten, die die zeitaufwändige Waschzeremonie über sich ergehen lassen müssen. Erst wenn wir Kleinen „frisch geschneuzt und gekampelt" und mit hellerer Hautfarbe als sonst die Küche bevölkern, wird erneut Wasser, diesmal für die Erwachsenen, auf den Herd gesetzt. Für uns wird es damit Zeit, zu Bett zu gehen, denn Mutter und Stiefvater sind als nächste dran, und als letzte folgen der Josef und die Lenzin.

Nur einmal im Advent, einige Tage vor Weihnachten, wird ausgiebig gebadet, und zwar im Waschtrog in der Waschküche im Hof unten. Stundenlang zuvor wird der Waschkessel aufgeheizt, bis der enge längliche Raum mit wallenden Dämpfen erfüllt ist. Sodann legt Mutter eine Strohmatte auf den noch immer eiskalten, mit Steinen ausgelegten Fußboden, und unser lautstarkes Planschvergnügen kann beginnen. Nach uns dauert es meist geraume Zeit, bis der mit Waschwasser überflutete Raum wieder benutzbar geworden ist. Tief vermummt und unter lautem Gelächter stürmen wir durch den tiefen Schnee im Hof zurück zum Wohntrakt und in die Küche, wo bereits die Erwachsenen ihre Vorbereitungen zum Baden treffen. Nachdem wir in unser Nachtgewand geschlüpft sind, das aus einer knielangen Unterhose, einem langärmeligen Leibchen und wollenen Strümpfen besteht, geht's mit wenig Begeisterung ab ins Bett, in dem wir zu dritt schlafen müssen. Aber als Ältestem steht mir allein das Kopfende zu, während sich meine beiden Halbbrüder das Fußende teilen. Da der Ältere der Zwillinge noch immer undicht ist, versuche ich stets mit angezogenen Beinen zu schlafen, was mir für die Dauer einer Nacht jedoch nur sehr selten gelingt. Meist strecke ich sie unbewusst im Schlaf aus und erwache in den frühen Morgenstunden mit feuchten Beinen. Angewidert ziehe ich sie sofort wieder ein und verharre in dieser unangenehmen Stellung, bis es Zeit wird, aufzustehen.

Da sich unser zugiges hölzernes Plumpsklo im Hof befindet, steht uns fünf Personen ein weitbauchiger Nachttopf aus Porzellan unter den Ehebetten für unsere kleinen und großen nächtlichen Geschäfte zur Verfügung. Morgens hat Mutter häufig Probleme damit, den übervollen Topf unbeschadet bis zum weit entfernten Plumpsklo im Hof zu befördern. In solchen Augenblicken äußert Mutter leise murrend ihren sehnlichsten Wunsch nach einem zweiten Nachtgefäß, worauf Stiefvater ebenso leise brummend erwidert: „Und von wou heaneima, waun net stöh'n?"

Eines nachts werde ich durch ungewöhnliche Geräusche geweckt. Mutter und Stiefvater stehen bei den beiden kleinen vergitterten Schlafzimmerfenstern und unterhalten sich flüsternd. Sie sind durch das anhaltende Bellen des Hofhundes alarmiert und glauben, schemenhafte Gestalten im Gebüsch der Hofeinfahrt herumschleichen zu sehen. Sind es einheimische Diebe oder gar russische Plünderer? Schließlich dreht Stiefvater die Hoflampe auf und lässt unseren bissigen Hund von der Kette; nicht ohne sich zuvor mit einem langen, dicken Stecken bewaffnet zu haben, der immer im Vorraum steht.

Schon nach kurzer Zeit kehrt er aufgeregt zurück und berichtet atemlos, dass der in der Hofeinfahrt liegende Keller gewaltsam aufgebrochen worden sei. Glücklicherweise sei er ohnehin leer gewesen. Und wahrscheinlich habe er auch einen Einbruch im Stall im letzten Augenblick verhindern können, denn auch das Schloss jener Türe, die vom Kuhstall aus zum Misthaufen führe, sei bereits beschädigt gewesen. Worauf Mutter verbittert meint: „I glaub, unsa anzige Kua wa r aum beist'n bei uns do im Schlofzimma aufg'hob'n."

Unvergesslich wird mir jene Adventnacht bleiben, in der mich johlende und grölende russische Stimmen und das Klirren zerbrechender Fensterscheiben jäh aus dem Tiefschlaf reißen. Entsetzt fahre ich hoch. Mutter deutet mir mit Finger auf dem Mund an, mich ruhig zu verhalten. Aber das durch die zerbrochenen Fensterscheiben dringende laute Geschrei hat schon meine beiden vierjährigen Halbbrüder geweckt, die erschreckt zu greinen beginnen. Für einen Augenblick verstummt das Grölen, um von neuem verstärkt einzusetzen. Als es einer der Gestalten in russischen Uniformen gelingt, samt Gewehr das Hoftor zu überklettern, zieht sich Stiefvater notdürftig an und geht den randalierenden Eindringlingen entgegen.

Der bereits im Hof stehende Russe zwingt Stiefvater mit dem Gewehr, die Hoftür zu entriegeln. Lärmend stoßen die beiden anderen die Tür auf und dringen in den Hof ein, wo sich unser Hund wie rasend gebärdet. Mit vorgehaltener Schusswaffe muss Stiefvater ihn von der Kette nehmen und in die Holzhütte einsperren, wo er weitertobt. Sodann stürmen die drei russischen Soldaten ins Haus, wo sie im nunmehr erleuchteten Schlafzimmer auf Mutter und uns drei Kinder treffen, was ihnen jedoch nur aufreizend ordinäres Gelächter entlockt. Josef, der dem wilden Treiben schon eine Zeit lang von seiner geöffneten Zimmertür aus zugesehen hat und nicht einzugreifen wagt, aus Angst, die rabiaten Eindringlinge noch mehr zu reizen, wird von den dreien kurzerhand in seinem Zimmer eingesperrt. Die alte Lenzin hat sich schon längst unter einem Haufen Gerümpel am Dachboden versteckt.

Die betrunkenen Russen fordern Schnaps vom Bauern. Um sie von Mutter und uns Kindern wenigstens vorübergehend abzulenken, führt sie Stiefvater in die noch warme Küche und opfert der tobenden Meute den Rest der Schnapsflasche aus seinem Kellerversteck. Im ersten für uns günstigen Augenblick rafft Mutter hastig einige Kleiderstücke für die leise weinenden Zwillinge zusammen – ich bin schon längst in mein Gewand geschlüpft – und läuft mit uns Kindern aus dem Wohnhaus und quer über den eiskalten, schneebedeckten Hof zur Scheune. Schwer atmend schiebt sie den wuchtigen Riegel des Scheunentors zurück und flüchtet mit uns auf den Heuboden hinauf, wo wir uns in jenen engen Höhlen und Gängen verkriechen, die wir Kinder beim Spielen im Heu mühevoll gegraben haben.

Stundenlang harren wir dort aus. Nach endlosem Warten, die Zwillinge sind inzwischen längst wieder eingeschlafen, hören wir lautes Stimmengewirr im Hof, das sich langsam immer weiter vom Bauernhaus entfernt. Dann vernehmen wir die halblaute Stimme meines Stiefvaters, der nach uns sucht. Während er uns ins Haus zurückbringt, berichtet er atemlos vom Vorgefallenen. „Nix is g'scheng, weil i's bei guada Laune hoid'n hob keinna. Z'erscht mit an Schnops und daun mit unsan leitzt'n Moust. Und wia's nix mea zum Sauf'n g'hobt hom, hob i eana wos vuagjoudlt. Deis hot eana g'foin!"

Während Mutter uns Kinder ins Schlafzimmer zurückbringt – vorbei an der schlecht beleuchteten Küche – sehe ich dort die Lenzin auf dem Boden knieend und laut schimpfend einen großen Fleck russischen Erbrochenens verbittert aufwischen. An diesem Vormittag schlafe ich mehrere Male, mit dem Kopf auf der harten hölzernen Schulbank liegend, mitten im Unterricht ein. Aber meine Frau Lehrer weckt mich nicht auf, sodass mein versäumter Schlaf ungestört nachgeholt werden kann.

Jeden Morgen erwachen wir im kalten, abgestandenen Schlafzimmermief eines kleinen, unbeheizten und unbelüfteten Raumes, den sich fünf Personen teilen müssen. Mutter begibt sich als erste in die Küche, wo sie in der Asche nach Glutresten sucht, um das Herdfeuer mit Hilfe von Holzspänen wieder in Gang zu bringen, denn mit Zündhölzern muss gespart werden, da sie in den Geschäften schon seit Monaten kaum mehr erhältlich sind. Ihr einziges Zündholzschachterl hütet sie wie ihren Augapfel. Als nächster erhebt sich Stiefvater. Und dann bin ich an der Reihe. Widerwillig schlage ich meine schwere Tuchent zurück und greife am Bettrand sitzend nach meinem dicken Flanellhemd, das bereits mehrere Flickstellen an den Ellenbogen und im unteren Rückenbereich aufweist. Fröstelnd ziehe ich es mir über. Danach schlüpfe ich in den von Mutter aus Bändern angefertigten Strumpfbandgürtel, der sowohl von Mädchen als auch von Knaben bis zum achten oder neunten Lebensjahr wegen der langen, dicken Wollstrümpfe getragen werden muss, die sofort zu rutschen beginnen, wenn sie nicht fixiert sind. Ich und alle anderen Buben meiner Klasse revoltieren schon seit einiger Zeit gegen dieses uns als zu weiblich erscheinende Kleidungsstück, werden aber von unseren Müttern zum Tragen dieses unmännlichen Accessoirs gezwungen.

Unwillig streife ich mir die im Tritt bereits vielfach gestopften Wollstrümpfe über, befestige sie umständlich am ausgeleierten Strumpfbandgürtel und ziehe mir danach die aus verwaschenem Klothstoff bestehende, viel zu große, schwarze Unterhose an, die mir fast bis zu den Knien reicht. Ihre übertriebene Geräumigkeit sorgt für ebensoviel Konfliktstoff mit meiner Mutter wie mein ausgeleierter Strumpfbandgürtel. Als letztes folgt meine an den Knien und am Gesäß schon ziemlich abgewetzte Kniebundhose aus warmem Wollstoff. Vor der Schlafzimmertür warten bereits meine knöchelhohen, aus derbem Schweinsleder bestehenden und uralt aussehenden "G'nogelten" auf mich, deren Sohlen mit groben Nägeln dicht bestückt sind. Es ist das einzige Paar Schuhe, das mir im Winter 1945 zur Verfügung steht.

Zum Frühstück gibt es ein Heferl warmer oder heißer ungezuckerter Milch und ein oder zwei Schnitten Schmalzbrot. Ich mag weder warme noch heiße Milch, und ich hasse sie ungezuckert. Aber Zucker ist unerschwinglicher Luxus im Advent 1945. So schlürfe ich ungern und im Schneckentempo meine ungeliebte Milch und esse trotz Hungers nur langsam und widerwillig meine zwei Brotschnitten, die mit uraltem, eigenartig schmeckendem Schmalz bestrichen sind, das Mutter in einem Küchenversteck vor den Plünderungen retten konnte. Meine saure Miene und mein ruppiges Benehmen beim Frühstück reizen Mutter manchmal zum lakonischen Ausspruch: „Sei froh, daß't iwahaupt wos zum Ess'n host. Vüle vahungan und wa'n froh, waun's wos zum Beiss'n het'n."

Auf meinem weiten Schulweg trage ich neben meiner Schultasche jeden Tag auch einen kleinen Rucksack mit einigen Holzscheitern darin, die für die Schule bestimmt sind. Jedes Schulkind bringt jeden Tag mindestens ein Holzscheit in die Schule mit. Die, die sich „einweimberln" wollen, bringen täglich mehrere. Wenn ich mich wieder einmal lautstark weigere, mehrere mitzunehmen, meint Mutter leidenschaftslos und ruhig: „Mia hom Huiz g'nua. Uns geht's net o. Nau, und is a Weimberl sei denn goa sou fuachtboa?" Womit sie ja eigentlich recht hat.

Beim Betreten des Klassenzimmers werfe ich die Holzscheiter in eine in der Ecke beim Eingang an der Wand stehende geräumige Kiste, aus der entweder unser alter, griesgrämiger Schuldiener Pirhöfer in den Pausen oder unsere junge, attraktive Frau Lehrer Johanna Vigl (Hochreiter) während des Unterrichtes in regelmäßigen Abständen einen hohen gusseisernen Ofen versorgt, der im Raum etwas Wärme verbreitet. Sobald das Holz in der Kiste verbraucht ist, wird es rasch kälter im großen Schulzimmer. Nachdem wir an einem frostigen Dezembertag mit viel Neuschnee wegen zu großer Kälte im Klassenzimmer nach Hause geschickt worden sind, beschließen wir, in Zukunft weniger Holz in die Schule mitzubringen. Ein guter Plan, der sich aber auf Dauer als undurchführbar erweist, leider; denn unser hübscher, langhaariger Klassenengel, den jeder von uns Buben heimlich verehrt, verhält sich nicht so engelhaft, wie von uns erwartet. Er lässt uns einige Tage in der immer kälter werdenden Klasse bis zum regulären Unterrichtsende ausharren, was dazu führt, dass schon nach wenigen Tagen wieder genügend Holz in der Kiste liegt.

Der Fußboden des Klassenzimmers besteht aus groben, unebenen Holzbrettern, die einmal monatlich eingeölt werden, was ihnen eine dunkelbraune, beinahe schwärzliche Färbung verleiht. Wir dürfen den fettigen Fußboden mit unseren Straßenschuhen betreten, sogar mit unseren „G'nogelten". Sobald wir sie aber ausziehen – egal, aus welchem Grund – und in unseren Wollstrümpfen im Klassenzimmer umherlaufen, gibt's unweigerlich Krieg mit unseren verbitterten Müttern zu Hause, die ihre liebe Not mit dem Waschen unserer verdreckten Strümpfe haben. Manchmal findet der Unterricht am Vormittag, manchmal am Nachmittag statt – wegen Lehrermangels, wie es heißt. Es unterrichten nur weibliche Lehrkräfte, die männlichen sind entweder noch nicht aus dem Krieg heimgekehrt, in Gefangenschaft – oder tot. Von allen weiblichen Unterrichtenden wird Frau Lehrer Schiller, eine ältere Dame von zierlichem Wuchs, aber mit strengem Blick, am meisten gefürchtet. Sie unterrichtet nur Mädchenklassen, worüber wir Buben aber sehr erleichtert sind, denn die Mädchen berichten flüsternd, dass Frau Lehrer Schiller im Zorn mit ihrem Schlüsselbund nach schlimmen Schülern werfe und meistens sogar treffe. Da ist uns unser langhaariger Engel Johanna mit seiner stets vergebenden Engelsgeduld und seinem unaufdringlichen Durchsetzungsvermögen schon lieber.

Aber sogar Johanna kann in unheiligen Zorn geraten, wenn der eine oder andere aus unserer Bubenschar der dritten Klasse im hitzigen Kampf Mann gegen Mann während einer Pause oder einer unbeaufsichtigten Unterrichtsstunde ein blaues Auge davonträgt. In solchen Fällen straft uns Johanna mit „Hierbleiben" – und noch dazu am Nachmittag und in einer Mädchenklasse! Nichts ist entwürdigender und verunsichert uns angehende harte Männer mehr, als die spöttischen Augen aller gleichaltrigen, kichernden und zischelnden Mädchen auf uns gerichtet zu fühlen.

Diese harten Kämpfe zwischen rivalisierenden Bubenklassen bilden für die meisten meiner Schulkameraden die tägliche Würze des Schulalltags, nicht jedoch für meinen Freund Walter und mich, die wir lieber unsere langen Lineale und leeren Federpenale den Kämpfenden zur Verfügung stellen, als uns selbst ins Kampfgetümmel zu stürzen. Wir beobachten das aufregende Geschehen, das manch blauen Fleck oder manch blaues Auge, manchmal sogar beides einbringt, lieber aus sicherer Entfernung und unterhalten uns viel lieber über die von uns zuletzt gelesenen Bücher und mein geliebtes Kasperltheater, für das wir immer wieder neue und publikumswirksamere Stücke erfinden.

Im Dezember 1945 sind Schreib- und Rechenhefte bereits erhältlich, und so werden unsere zerkratzten Schiefertafeln und die dazugehörigen Griffel überflüssig. Das Nachkriegspapier in seiner schlechten Qualität enthält jedoch unzählige winzige Holzfasern, die die Tinte zu großen Klecksen zerrinnen lassen, sobald die spitze metallene Schreibfeder, die an einem langen schmalen Federstiel befestigt ist, diese Holzfasern berührt. Was bei manchen ehrgeizigen Müttern meiner Schulkameraden zu kleinen Familientragödien führt. Meine Mutter hat keine Zeit, damit ein Problem zu haben.

Anfang Advent 1945 setzt in der Gloggnitzer Schule die Schülerausspeisung ein, die pro Schüler ein warmes Mittagessen während der Unterrichtszeit vorsieht. Nach Klassen geordnet, werden wir in Zweierreihen von unserer Lehrerin in die Ausspeisungsräume geführt, wo wir mit einem kleinen, schwarzen Schüsserl an einem riesigen Kessel vorbeidefilieren, aus dem uns Frau Maier, eine stämmige, energische Frau, mit einem Schöpflöffel von überdimensionaler Größe wahre Leckerbissen zuteilt: Grütze oder Linsen oder Bohnen oder Kakao, manchmal auch Grießkoch.

Als ich eines Tages auf unserem Marsch zum Kessel vor Hunger ohnmächtig werde, finde ich mich, als ich das Bewusstsein erlange, in einer Ecke des Ausspeisungsraums neben dem Kessel sitzend wieder. Frau Maier, mit ihrem Riesenschöpflöffel bewaffnet, wirft mir einen besorgten

Blick zu und meint, während sie rasch eine Portion nach der anderen verteilt: „Nau, get's dia schou wieda bessa? Schaust owa nou imma kaasweiß aus." Nachdem alle abgespeist worden sind und ich mich etwas erholt habe, erhalte ich von Frau Maier eine Doppelportion Linsen, meine Lieblingsspeise. Und als ich sie innerhalb kürzester Zeit gierig verschlungen und mein Schüsserl mit dem Löffel reingekratzt habe, teilt sie mir nochmals eine Portion zu – mit den Worten: „I sich schou, di zaudirrs Krewegerl muaß i a wengal aufpapperln." Und in den darauffolgenden Wochen und Monaten füllt sie täglich mit verschmitztem Lächeln und vielsagendem Augenzwinkern mehr als üblich in mein kleines, schwarzes Schüsserl.

Eines Tages erspäht Frau Lehrer beim Vorübergehen Ungewöhnliches im dichten Haarschopf meines Sitznachbarn. Sie ruft ihn sofort zu sich zum Katheder und entlässt ihn unverzüglich nach Hause, nicht ohne ihm zuvor einige Zeilen Geschriebenes mitgegeben zu haben. Als ich Mutter beim Nachhausekommen über diesen seltsamen Vorfall berichte, reagiert sie entsetzt: „Jessas, Maria und Josef! Läus!" Nachdem mein schon damals nicht allzu dichtes Haar von ihr mehrere Male hektisch, aber sehr genau nach Läusen und Nissen abgesucht worden ist, wäscht sie es mit Petroleum, was mir aber gar nicht recht ist. Nach erfolgter Kopfwaschung verbreite ich den penetranten Geruch einer Tankstelle.

Mir graut, wenn ich an den hochentwickelten, hochempfindlichen Geruchsinn meiner Klassenkameraden denke. Nur sehr ungern betrete ich am nächsten Tag das Klassenzimmer, wo mir zu meiner großen Verwunderung und Erleichterung der durchdringende Gestank von Petroleum von mehreren Seiten entgegenschlägt. Verlegen lächelnd versuchen wir alle, einschließlich unserer Frau Lehrer, ihn nicht zur Kenntnis zu nehmen. Während des Unterrichts jedoch muss das hinterste Fenster des Klassenzimmers – trotz eisiger Kälte – zur Gänze geöffnet bleiben. Ganz entgegen unserer Gewohnheit beklagt sich aber keiner von uns über die zunehmende Kälte im Raum.

Mein Sitznachbar bleibt einige Tage verschwunden. Als er in gedrückter Stimmung wieder im Unterricht auftaucht, ist sein Schädel zu unserem Entsetzen kahlgeschoren. Nachdem wir uns vom ersten Schock erholt haben, wird er zum Gelächter der Klasse. Als einige Tage später jedoch die nächsten zwei wie frisch geschorene Schafe mit Glatzen durchs Schulzimmer irren, vergeht uns allen das Lachen.

Einige Wochen später ereignet sich ein ähnlicher Vorfall. Diesmal aber nicht in der Schule, sondern zu Hause. Es ist ein kalter, sonniger Dezembertag. Ich bin soeben von der Schule heimgekehrt, sitze müde und abgespannt am Mittagstisch und warte mit den anderen aufs Essen. Plötzlich erregt ein kleines Tier, einer Riesengelse nicht unähnlich, meine Aufmerksamkeit. Es sitzt bewegungslos abwartend am Rande meines leicht ausgefransten linken Hemdärmels. Als ich es von dort mit meinem rechten Zeigefinger verjagen will, setzt es vor den Augen meiner entsetzten Mutter zu einem eleganten Weitsprung in eine dunkle Küchenecke an. Vor Aufregung entgleitet Mutter beinahe der Suppentopf aus ihren sonst so sicheren Händen, während sie laut aufkreischt: „A Floh! Jeissas na! A Floh!" Entgeistert blickt jeder von uns in jene dunkle und stille Küchenecke, in die sich unser zierliches Tierchen mit weitem Sprung soeben gerettet hat. Mit vorwurfsvollem Blick auf mich stellt Mutter teils weinerlich, teils verbittert fest: „Fleh! Deis a nou! Bua, wos du uns ois aus da Schui hamzahst!"

Augenblicklich bringt sie Bewegung in unsere hungrige Schar. Ich werde sofort – zum zweiten Mal innerhalb kürzester Zeit – in einer kleinen Abstellkammer abgesondert und unter Quarantäne gestellt, während alle übrigen Anwesenden mit knurrendem Magen die Jagd nach dem entsprungenen Floh aufnehmen müssen. In der kalten Kammer muss ich mich sofort all meiner Kleidungsstücke, einschließlich meiner Unterhose so rasch wie möglich entledigen, worauf Mutter jedes einzelne Kleidungsstück über einer großen, mit Wasser gefüllten Waschschüssel sorgfältig ausbeutelt. Trotz genauen Suchens gelingt es ihr jedoch nicht, auch nur einen einzigen Vertreter dieser bewundernswert weit springenden Tierart an mir aufzustöbern. So stellt sie nach wiederholten ergebnislosen Kontrollen ihre verzweifelte Suche ein. Der entwischte Floh ist aber noch tagelang Tagesgespräch am Bauernhof, da er trotz eifrigen Weitersuchens spurlos verschwunden bleibt.

Unser tägliches Mittagessen ist notgedrungen äußerst einfach und unser Speisenplan ungewollt eintönig, was durch die katastrophale Ernährungslage im Bezirk Neunkirchen bedingt wird, der im September 1945 zum Notstandsgebiet erklärt worden ist. Die Versorgungslage bleibt aber auch in den darauffolgenden Monaten unverändert schlecht. Stundenlang stehen Menschenschlangen vor fast leeren Lebensmittelgeschäften, um unverrichteter Dinge wieder nach Hause geschickt zu werden. Häufig wird in Gloggnitz außer der wöchentlichen Brotration von einem Wecken pro Person nichts Essbares ausgegeben. Ja, sogar auf Schwerarbeiterkarten ist manchmal wochenlang nichts zu erhalten. Im November brechen in den Fabriken Arbeiter an den Maschinen infolge Unterernährung zusammen.

Die unerträgliche Ernährungslage der Bevölkerung ist kriegsbedingt, wird jedoch durch eine Missernte bei Feldfrüchten, Obst und Gemüse, verursacht durch einen überaus trockenen Sommer, noch verschlimmert. Schon in den Sommermonaten ist auf Grund strenger Verordnungen ein Großteil der landwirtschaftlichen Produkte und des Viehs abliefergspflichtig geworden, um die Versorgung der einheimischen Bevölkerung gewährleisten zu können. Im Herbst allerdings sind die mühsam angelegten und nur teilweise gefüllten Lager und Magazine bereits wieder fast leer. Und dann bricht ein harter und besonders kalter Winter über die hungernde Gloggnitzer Bevölkerung herein.

Da uns am Bauernhof von den sieben Kühen nur eine einzige verblieben ist und nach der Beschlagnahmung eines Großteils unseres Getreides und der Kartoffeln nur mehr ein magerer Restbestand an gut versperrten Orten versteckt liegt, bilden Milch, Mehl und Kartoffeln unsere Hauptnahrungsmittel. Wochenlang, ja monatelang lösen Einbrennsuppe und Milchsuppe einander in monotoner Reihenfolge mittags ab. Manchmal wird diese Eintönigkeit durch eine Handvoll würfelig geschnittener, gekochter Kartoffelstückchen durchbrochen, die einsam und verloren in der Weite des Suppentopfes herumtreiben und von uns Kindern mit dem Löffel gierig gejagt werden.

Mutter mengt sogar gekochte Kartoffelschalen, sehr klein geschnitten, den Suppen bei, was uns Kinder schon mit weniger Begeisterung erfüllt, denn sie schmecken fürchterlich bitter. Stillschweigend schieben wir die winzigen braunen Stückchen an den Tellerrand oder entsorgen sie heimlich am Fußboden, wo sie von unserem Hund gierig aufgeschleckt werden. Erwischt uns Mutter dabei, so trifft uns ein langer, vorwurfsvoller Blick, während sie uns eindringlich zum x-ten Male erklärt, wie „gesund" Kartoffelschalen eigentlich seien; ein Argument, das uns Kinder schon früh erkennen lässt, daß gesunde Kost nicht unbedingt auch schmecken muss.

Wer möchte, kann zur Suppe ein aus gelblichem Maisgrieß (Polenta) gebackenes Brot essen, das jedoch beim Schneiden in kleine und kleinste Stückchen zerbröselt, die wir mit der hohlen Hand zum Mund führen müssen. Nur sehr selten kommt Erbsensuppe auf den Tisch, deren Zubereitung bedeutend arbeitsaufwendiger und zeitaufwendiger ist; denn hat Mutter im Geschäft erfreulicherweise ein halbes Kilo dieser steinharten, runden, grau aussehenden Dinger erstanden, muss sie ihre wurmigen Trockenerbsen über Nacht ins Wasser legen. Am nächsten Tag seiht sie die im Suppentopf an der Wasseroberfläche schwimmenden toten Würmer ab.

Zuvor jedoch sind sie uns allen im aufgedunsenen Zustand einer Wasserleiche während des Frühstücks stets gegenwärtig, was unser aller Appetit auf Erbsensuppe schon empfindlich dämpft. Manchmal frage ich mich, ob es denn wirklich jedem einzelnen dieser unzähligen Würmchen gelingt, noch rechtzeitig aus seinem Loch zu kriechen. Da Mutter aber ihre Erbsen nur in passiertem Zustand zu Suppe verarbeitet, bleibt meine Frage ungeklärt.

Unsere Hauptspeise besteht abwechselnd aus selbst eingeschnittenem Sauerkraut oder gehachelten Burgunderrüben. Beide Speisen verdickt Mutter so stark mit Mehl, dass wir Kinder mit Vorliebe unseren Löffel darin stecken lassen, um herauszufinden, wessen Löffel am längsten stehenbleibt und welcher als erster umfällt. Manchmal schließen wir sogar Wetten darauf ab. Was uns seitens der Eltern des öfteren die Rüge einträgt: „Beim Ess'n spüt ma net." Als Beilage gibt es immer Kartoffeln, niemals Fleisch.

Als die von uns allen ungeliebten Burgunderrüben, die einen eigenartigen, süßlichen Geschmack haben und üblicherweise nur als Viehfutter verwendet werden, das erste Mal auf dem Mittagstisch stehen, meint die alte Lenzin seufzend: „Bessa ois goa nix!", während unser Knecht verbittert in sich hineinmurmelt: „Deis het i ma a net deinkt, daß i amoi, wia d'Rindvicha im Stoi, Burgunda fress'n muaß."

In der frühen Dämmerung der kurzen Adventnachmittage klopfen vereinzelt müde Hamsterer mit schäbigen Rucksäcken an das versperrte Hoftor, um durch Tauschhandel wenigstens einige Nahrungsmittel zu ergattern, die das Überleben der Familie ermöglichen sollen. Wir haben aber infolge der verhassten Ablieferungspflicht und strenger Kontrollen am Bauernhof selbst nicht genug Lebensmittel, um sie gegen dringend notwendige Anschaffungen eintauschen zu können; und so gelingt es hungrigen Bittstellern nur sehr selten, Mutter zu einem Tausch zu überreden.

Da unser gesamtes Bettzeug in den Wirren der letzten Kriegstage spurlos verschwunden ist, ersteht sie gezwungenermaßen eines Tages elegant aussehende, handbestickte Bettwäsche für den Inhalt einer Milchkanne; und ein anderes Mal erhält sie für eine Tasche, gefüllt mit Erdäpfeln, ein altes, gebrauchtes, aber noch recht gut funktionierendes Radio, was Stiefvater und unserem Knecht Josef von nun an ermöglicht, die neuesten Nachrichten zu hören, sie aber zugleich auch unter Zeitdruck setzt, denn die Stallarbeiten müssen bis zu einem bestimmten Zeitpunkt beendet sein. Zu Beginn der Nachrichten kommen die beiden Männer in die Küche gehetzt, wo unsere vielbestaunte Neuerwerbung von der hohen Kuchlkredenz aus unser abendliches Familienleben beherrscht. Mutter, die Lenzin und wir Kinder erhalten zwar nie ausdrücklich Redeverbot von den beiden Männern, erkennen jedoch schon bald, dass dieselben für die Dauer der Nachrichtensendung ständig in einem Zustand leichter Reizbarkeit sind und der häusliche Frieden nur erhalten bleibt, wenn wir anderen uns in diesem Zeitraum mit Blicken und Zeichen verständigen.

Der Schleichhandel ist zu einem blühenden Geschäftszweig geworden. Zur wirksamen Bekämpfung desselben und der vielerorts praktizierten Preistreiberei sind strenge Gesetze erlassen worden, die Schwarzhandel und Preiswucher mit Kerker von einem bis zu fünf Jahren bestrafen. In schweren Fällen kann eine zehn- bis zwanzigjährige Kerkerstrafe, unter erschwerenden Umständen sogar die Todesstrafe verhängt werden. Außerdem drohen Geldstrafen bis zu einer Höhe von 300.000 Reichsmark. Genaue Kontrollen werden nicht nur auf Bauernhöfen durchgeführt, sondern auch auf Bahnhöfen, von denen aus das gehamsterte Gut in alle Richtungen abtransportiert wird. In überfallsartigen Razzien werden Rucksäcke im Bahnhofsbereich streng kontrolliert, verdächtige Inhalte sofort konfisziert und deren Besitzer zur Anzeige gebracht. Um dem gestrengen Auge des Gesetzes zu entgehen, schicken Hamsterer meist Späher vor – unverdächtig aussehende Kinder – deren Aufgabe es ist, herauszufinden, ob die Luft rein ist.

Muss keine Kontrolle befürchtet werden, treffen die Rucksackträger in den letzten Minuten vor Abfahrt des Zuges am Bahnhof Gloggnitz ein und besteigen rasch die kleinen, überfüllten Waggons mit ihren harten hölzernen Sitzbänken. Besteht jedoch Gefahr, das wenige und mühsam Erhamsterte an staatliche Kontrollorgane zu verlieren, so scheuen Hamsterer auch nicht die Mühe und Zeit, zum nächstgelegenen Bahnhof nach Schlöglmühl oder Pottschach zu marschieren.

# Roserl, der Weihnachtsbraten

Da wir am Bauernhof jederzeit eine Überprüfung unseres Getreidevorrats und Viehbestandes befürchten müssen, wächst Roserl, unser rosig zartes Schweinchen und saftiger Weihnachtsbraten in spe, in der entlegensten Ecke unserer Scheune, in einem Holzverschlag versteckt, heran. Unser kleiner Liebling entkam während einer Plünderung als einziges Ferkel von einem ganzen Wurf im letzten Augenblick stark zupackenden russischen Soldatenhänden und entwischte rechtzeitig durchs weit geöffnete Hoftor, konnte jedoch von Mutter eingefangen werden, nachdem die Russen abgezogen waren.

Seither lebt Roserl, unser aller Hoffnung und Lichtblick in dieser düsteren Zeit des Hungerns, das langweilige Leben eines Singles in ihrem genial geplanten Versteck, das Stiefvater schon währen des Krieges für alle Fälle unter einer mehreren Meter dicken, fest getretenen Schicht aus Stroh angelegt hat, deren schalldämpfende Wirkung Roserls jugendlich zartes Gequieke fast unhörbar macht.

Mutter oder Stiefvater kümmern sich um die tägliche Versorgung unserer behördlich nicht gemeldeten Schweinedame und um die wöchentliche Reinigung ihrer verschmutzten Behausung, die mit dem zunehmenden Alter Roserls einen immer penetranter werdenden Gestank verströmt. Der alten behäbigen Lenzin und unserem rheumatischen Josef kann ja nicht mehr zugemutet werden, auf allen Vieren durch den engen, niedrigen und langen Gang im Stroh zu Roserls Koben zu kriechen. Meine Aufgabe besteht darin, im Falle der Gefahr einer behördlichen Kontrolle, ihr sofort eine Extraportion „Sautrankl" zu bringen und sie bei Fresslaune zu halten.

Mit Wohlgefallen und Zufriedenheit nehmen Mutter, Stiefvater und ich bei unseren täglichen Besuchen zur Kenntnis, dass unser schweinischer Liebling nicht nur an Größe, sondern auch an Umfang ständig zunimmt. Und Weihnachten, das Fest der Liebe, rückt langsam immer näher.

Zweimal beschert uns ums Überleben kämpfenden Gloggnitzern dieser erste triste Nachkriegsadvent auch freudige Überraschungen im nicht gerade ermutigenden Alltragstrott. Zu Beginn dieser vorweihnachtlichen Zeit wird der SV Gloggnitz Meister in der Fußballmeisterschaft des Bezirks Neunkirchen – trotz strömenden Regens und knurrender Sportlermägen. Dominek, Scherz und Drescher ragen aus dieser Mannschaft abgemagerter, aber drahtig aussehender Fußballer durch besondere Leistungen hervor.

Und kurz vor den Weihnachtsfeiertagen überrascht und erfreut alle Gloggnitzer ein Sonderaufruf in der lokalen Zeitung, dem Bezirksboten, wonach eine Extrazuteilung an Lebensmitteln an die Gloggnitzer Bevölkerung erfolgen soll. Demnach erhält jeder Erwachsene 10 dag Fett oder Speiseöl, 25 dag Mehl, 25 dag Grieß und ein Packerl Backpulver; jedes Kind bis zum sechsten Lebensjahr 25 dag Marmelade; und jedes Kind bis zum vierzehnten Lebensjahr ein Päckchen Pudding, 10 dag Kekse, drei Päckchen Kakao und 20 dag Zucker. Die Ausgabe dieser Lebensmittel wird zum Festtag für die Gloggnitzer Bevölkerung.

Je näher Weihnachten, das Fest des Freudebereitens und Schenkens, heranrückt, umso häufiger erscheinen im wöchentlichen Bezirksboten Inserate mit verlockenden Tauschangeboten: „Tausche zwei Junghühner gegen zwei Paar Kinderschuhe" verspricht eine Annonce, eine andere einen noch sehr gut erhaltenen Damenmuff für einen Kinderpullover; und eine dritte bietet ein Paar fast neuer Herrenschuhe für einen Kinderwintermantel. Zeitungsinserate, in denen nach Nahrungsmitteln oder Brennstoff gesucht wird, sind Annoncenalltag.

Einige Tage vor dem Heiligen Abend wird unser Roserl der allgemeinen Festtagsfreude geopfert, aber eher mit einem lachenden als mit einem weinenden Auge. Nachdem sie mit ihrer Henkersmahlzeit, einer Extraportion Sautrankl, von Mutter in den eis- und schneebedeckten Hof gelockt worden ist und Stiefvater alle Anwesenden eindringlich ermahnt hat: „Bet's a Vata Unsa, damit ma die Sau net zu laut schrei'n heat", wird Roserl mitten im Mahl mit einem gut gezielten Axthieb ins Jenseits befördert. Sie fällt, wie vom Blitz getroffen und wie von allen erhofft und erbetet, lautlos zu Boden und wird danach sofort von den Erwachsenen in sämtliche ihrer nahrhaften Körperteile zerlegt. Was möglichst schnell geschehen muss, denn eine illegale Schlachtung zieht eine Kerkerstrafe und hohe Geldstrafe nach sich.

Erst als auch die letzten Blutspuren mit Hilfe von heißem Wasser und Unmengen von Schnee beseitigt worden sind, atmen alle erleichtert auf – auch wir drei Kinder, die wir seit Stunden im eiskalten und zugigen Schlafzimmer bei den von russischen Soldaten zerschlagenen und noch immer nicht verglasten Fenstern tapfer ausgeharrt haben. Von diesen Fenstern aus können wir die gesamte Hofzufahrt überblicken und die Erwachsenen vor der herannahenden Gefahr einer behördlichen Kontrolle rechtzeitig warnen. Infolge Versorgungsschwierigkeiten bei Glas sind die vier Flügel der beiden Fenster seit Wochen mit Pappe vermacht, die jedoch zwecks besseren Ausblicks für die Dauer der Schlachtprozedur entfernt worden ist.

Fürs stundenlange Ausharren in eisiger Kälte werden wir Kinder mit Roserls leckeren gerösteten Nierndln belohnt, über die wir heißhungrig herfallen, während die Erwachsenen zur Feier des Tages die Leber unserer soeben verblichenen Schweinedame mit Andacht verspeisen. Für die Dauer des Festessens, bei dem wir uns dem langentbehrten Genuss von verbotenem Schweinernen hingeben, sind die dichten Vorhänge des ebenerdig gelegenen Küchenfensters zugezogen, und danach wird ausgiebig gelüftet, um keine verräterischen Duftspuren für eventuelle Besucher zu hinterlassen. Selbstverständlich sind Roserls restliche Körperteile inzwischen in verschiedenen über den ganzen Bauernhof verstreuten Verstecken spurlos verschwunden. Roserls kurzes junges Schweineleben hat zwar bereits im Advent 1945 sein jähes Ende gefunden, ihr denkwürdiges Schweineschicksal ist mir jedoch bis heute unvergesslich geblieben.

Am letzten Schultag vor dem Heiligen Abend versucht jeder meiner ungefähr dreißig Schulkameraden der dritten Volksschulklasse der von uns allen still und heimlich verehrten jungen, blonden Johanna eine möglichst große Weihnachtsfreude zu bereiten; und so liegen bei Unterrichtsbeginn unzählige kleine, in einfaches braunes Packpapier oder zerknittertes Zeitungspapier gehüllte Päckchen auf dem Katheder. Darunter befindet sich auch meines, welches ein kleines, aber saftiges Stück vom Roserl enthält. Es ist sehr gut verpackt, um ein Durchsickern des Blutes zu verhindern. Am Abend zuvor hat Mutter auf die Frage meines besorgten Stiefvaters, ob sie denn keine Angst davor habe, von meiner Lehrerin bei der örtlichen Polizei wegen illegaler Schlachtung angezeigt zu werden, weise lächelnd geantwortet: „Warum sull i Aungst hob'n? D'Lehrarin hot bestimmt no mea Hunga ois mia."

# Weihnachten 1945 –
## „Glaube an Österreich"

Und dann ist der Heilige Abend angebrochen, und wir Kinder harren erwartungsvoll der großen Dinge, die da kommen werden.

Als meine Großeltern in der Dämmerung am Hof eintreffen, berichtet Großmutter aufgeregt, Großvater habe soeben mehreren Russen das Leben gerettet; und Großvater erzählt kurzatmig, er habe auf der dämmrigen Landstraße eine kleine Gruppe berittener Russen herangallopieren gehört. Dann habe er plötzlich die quer über die Straße tief herabhängenden Stromleitungen erblickt. „Z'erscht hob i ma denkt, sog nix. San eh nua Russ'n. Da Feind. Die erscht'n waan vou d'owahengad'n Dreht sicha kepft woan. Owa wia i daun eanare G'sichta g'segn hob, do hob i zum Wink'n und zum Schrein aug'faunga und hob auf die Dreht hizagt. Brrrr! Hom's g'schrian – und de Pfead san schou g'staund'n. Daun san's olle zu uns heag'ritt'n, hom uns lochad di Haund geb'n und imma wieda 'Spasiwo (Danke)' g'sogt. S'woan lauta junge Leit. A boa vou denan het's sicha schiach dawischt. Und daun san's weida g'ritt'n." Abschließend fügt Großvater hinzu: „San a Mensch'n, die Russ'n." Und Großmutter ergänzt nachdenklich: „Hob'n a a Mutta und an Votta, und vielleicht sogoa a Mad'l, dei wos daham auf eana woat'n."

Großvaters aufregender Bericht hat uns Kinder für die Dauer seiner Erzählung völlig das Christkind vergessen lassen. Mit dem Eintreffen Josefs und der alten Lenzin in der Küche – sie haben soeben die Stallarbeiten abgeschlossen – kann es endlich losgehen. Während die beiden ihre schmutzigen Hände an der Abwasch mit kaltem Leitungswasser reinigen, verschwindet Mutter wie üblich für kurze

Zeit, um nachzusehen, ob das Christkind schon da gewesen sei. Und dann hören wir das von uns Kindern schon sehnsüchtig erwartete helle, metallische Klingen eines Glöckchens.

Erwartungsvoll ungestüm drängen wir an der Hand unserer Großeltern zum Zimmer, in dessen Türrahmen Mutter erscheint, um wieder einmal lächelnd zu verkünden, das Christkind sei soeben bei uns gewesen. Sie habe das silbern glänzende Ende des Sternenschweifs, auf dem es beim Fenster hinaus verschwunden sei, gerade noch sehen können.

Wieder einmal stelle ich fest, dass nur Mutter in den überirdischen Genuss dieses alljährlich wiederkehrenden Wunders kommt. Wahrscheinlich deshalb, denke ich bei mir, weil Mutter eben ein besseres Wesen ist als wir Kinder und mein immer alles besserwissender und ewig nörgelnder Stiefvater, der sich nie auf den Weg macht, um nachzusehen, da er ja von vornherein schon weiß, dass er keine Chance hat, auch nur einen einzigen Stern vom Sternenschweif des Christkinds sehen zu dürfen.

Und dann stehe ich mit meinen beiden Halbbrüdern im Türrahmen und bin überwältigt vom Glänzen und Funkeln. Mitten im nur matt erleuchteten, düster wirkenden, eiskalten, aber intensiv nach Harz duftenden Raum steht unser Christbaum. Von seinen Zweigen hängen einige kleine, rote Äpfel in Ermangelung von Zwirn an selbstgesponnenen Wollfäden, die am leicht gebogenen Stiel festgebunden sind. Mutter hat eine Tasche dieser saftigen Äpfel mit uns Kindern zu Beginn des Advents vom Pfarrer in Raach erhamstert – im Tausch für ein Stück verbotenes Fleisch vom Roserl, was der Herr Pfarrer wohl ahnte, als er es mit einem vielsagenden Lächeln kommentarlos aus Mutters Händen entgegennahm und an seine Haushälterin weitergab, die es ebenso vielsagend lächelnd und kommentarlos übernahm.

Neben einigen selbstgebackenen Keksen hängen auch Nüsse am Baum. Da Nüsse keinen Stiel haben, hat das Christkind an ihrem oberen Ende ein dünnes Hölzchen hineingesteckt und Wollfäden daran befestigt. Viele der Nüsse sind in einfaches farbiges Papier gewickelt, das vom Christkind am oberen und unteren Ende mit Fransen versehen worden ist, die es mit einer Schere in mühevoller Arbeit ins Papier geschnitten hat. Im Überschwang der ersten Freude glaube ich, dass die so kunstvoll verpackten Gebilde Zuckerl sind, die es schon seit fast einem Jahr nicht mehr zu lutschen gegeben hat. Als ich später meinen Irrtum erkenne und Großmutter mir meine große Enttäuschung ansieht, sagt sie in teils entschuldigendem, teils wehmütigem Ton zu mir: „Waßt, deis Christkindl hot heia besonders spoan miass'n."

Außer gehamsterten Äpfeln, selbstgebackenen Keksen, eingesammelten Nüssen und arbeitsaufwändigen Zuckerlattrappen hängt beschädigter Christbaumschmuck an den Zweigen. Vom Christbaumspitz ist nur die matt silberglänzende Kugel geblieben; sein unterer Teil und der Spitz fehlen zur Gänze. Nur kurze Reststücke von beschädigten Silber- und Goldketten zieren den Baum; und an Stelle von Engelhaar und Lametta hat das Christkind ganz einfach Schafwolle flockenartig über die Zweige verteilt. Als Mutter meinen fragenden Blick bemerkt, meint sie erklärend: „S'Christkindl hot heia an Unfoi g'hobt. Es is mit'n Schlitt'n umg'foin."

Während wir das „Vater Unser" beten und „Stille Nacht, heilige Nacht" singen, erwecken die noch von der vergangenen Weihnacht verbliebenen Kerzenstummel für kurze Zeit den Christbaum zu geheimnisvollem Leben. Sobald sie aber verlöschen, kann Mutter sie nicht durch neue Kerzen ersetzen, denn diese sind schon seit Kriegsende nicht mehr in Geschäften erhältlich. Und so erfolgt die Verteilung der Geschenke bereits beim Schein einer einzigen 25-Watt Glühbirne.

Alle Anwesenden, Kinder und Erwachsene, Männer wie Frauen, erhalten kleine Geschenke aus Schafwolle und eine selbstgeschneiderte Unterhose aus schwarzem Klothstoff, die durch Größe und Weite beeindruckt. Ich als einziger bekomme von meinen Großeltern ein weiteres Geschenk: vier dünne, in braunes, zerknittertes Packpapier gehüllte und mit einem gewöhnlichen Bindfaden verschnürte Kinderbüchlein, die ich sofort unter dem Christbaum zu lesen beginnen möchte, was die Erwachsenen jedoch leider verhindern.

Nachdem wir noch einige stimmungsvolle Weihnachtslieder gesungen haben, kehren wir alle gerne aus dem eiskalten Raum in die „bacherlwarm" geheizte Küche zurück, wo die Weihnachtsfeierlichkeiten mit dem von allen bereits voll Sehnsucht erwarteten Festessen ihre Fortsetzung finden. Dabei erweist sich Roserls frühes Ableben als ungewöhnliche Bereicherung für Mutters üblicherweise eintönigen Speisezettel. Während die Erwachsenen voll Genuss jungfräulich zartes Schweinefleisch mit verklärtem Blick verspeisen, vertiefe ich mich, in einem wackeligen Korbsessel am warmen Herd sitzend und gerne auf alle schweinischen Genüsse verzichtend, in meine vier dünnen Büchlein „Das und Dies von Lois und Lies", „Schnick, Schnack und Schnuck", „Murli Brumm" und „Kribbel Krabbel Kugelrund".

Von den im letzteren beschriebenen aufregenden Abenteuern des unternehmungslustigen Käfers bin ich so begeistert, dass ich sie sofort ein zweites Mal „verschlinge". Dann spricht Mutter ein Machtwort, da ich mir infolge der schlechten Beleuchtung meine Augen ruinieren könnte, und ich muss mich zu den Erwachsenen am Bauerntisch setzen, wo man inzwischen bei Tee, und noch dazu bei gezuckertem – mit einigen Tropfen Schnaps darin – angelangt ist. Die Erwachsenen debattieren lautstark über die Verschleppung von Österreichern durch die Russen ins ferne Sibirien, über die seit Kriegsende katastrophale Versorgung mit Lebensmitteln in der russischen Besatzungszone und – über den verlorenen Krieg. Von allen Seiten höre ich immer wieder die Bemerkung „Deis homma notwendig g'hobt'."

Die Stimmung der Erwachsenen wird immer depressiver und erreicht ihren Tiefpunkt, als der allerletzte vom vergangenen Weihnachtsfest verbliebene und dafür aufgesparte Kerzenstummel brennend im Fenster steht – zur Erinnerung an meinen im Alter von 31 Jahren in Russland gefallenen Vater. Es gibt an diesem Abend kaum eine Familie in Österreich, die dieses Weihnachtsfest mit echter Freude feiern kann, denn die allerwenigsten Familien sind vollzählig beisammen. Wo nicht ein Gefallener oder Kriegstoter zu beklagen ist, gibt es einen politisch Verschleppten oder zumindest einen Vermissten zu betrauern.

Die Mienen der um den Bauerntisch herumsitzenden Männer sind ernst geworden, die Frauen wischen sich mit einem hastigen Seitenblick auf uns Kinder verstohlen Tränen aus den Augen. Meine ordnungsliebende Großmutter tut dies mit einem blütenweißen, an den Rändern von ihr selbst mit aufwändigen Häkelarbeiten verzierten Taschentuch, das ihr als einziges von einer vollständigen Garnitur nach dem Krieg verblieben ist, die alte Lenzin mit einem großen, rot-weiß karierten und bereits stark verschneuzten Stofffetzen, der niemals gewaschen, sondern nach wochenlanger Benützung weggeworfen und durch einen neuen ersetzt wird.

Um acht Uhr abends wendet sich der erst vor kurzem ernannte erste Bundeskanzler der 2. Republik, Ing. Leopold Figl, mit einer kurzen Weihnachtsansprache an das österreichische Volk. Tief bewegt, ja erschüttert, klingt seine Stimme, als er der schwer geprüften, notleidenden Bevölkerung aus unserem im Schleichhandel erstandenen Radio zuruft: „Liebe Österreicherinnen und Österreicher! Ich kann Euch zu Weihnachten nichts geben. Ich kann Euch für den Christbaum, wenn Ihr überhaupt einen habt, keine Kerzen geben, kein Stück Brot, keine Kohle zum Heizen, kein Glas zum Einschneiden der Fenster. Wir haben nichts. Ich kann Euch nur bitten: Glaubt an dieses Österreich!"

Mit leicht gesenktem Haupt lauscht jeder der im Raum Anwesenden den wenigen Worten des Bundeskanzlers. Sogar wir Kinder sind uns der Bedeutung dieses Augenblicks bewusst und verhalten uns ruhig. Nachdem die letzten bewegenden Worte der Ansprache verklungen sind, kann ich Mutters und Großmutters leises Weinen vernehmen, das mehrmals von einem langen, trompetenden Schneuzton der alten Lenzin unterbrochen wird. Sogar die Männer haben tränenfeuchte Augen.

An diesem denkwürdigen Heiligen Abend des Jahres 1945 gehen alle Erwachsenen mit mehr oder weniger rotgeweinten Augen auseinander. Nur wir Kinder kriechen glücklich und zufrieden ins Bett, ich im Bewusstsein, mit meinen vier Büchlein das schönste Weihnachtsgeschenk von allen erhalten zu haben. Beim Zubettgehen bringe ich die ersten in meinem Besitz befindlichen Bücher vor dem willkürlichen Zugriff meiner beiden zweieinhalbjährigen Halbbrüder unter meinem Kopfpolster in Sicherheit.

In der Adventzeit treten in der von Hunger geschwächten Bevölkerung, vor allem aber unter uns Kindern, epidemieartig Magen- und Darminfektionen, ja sogar Typhus auf.

Mich und meine Halbbrüder ereilt das Schicksal am Christ-tag in Form eines sehr starken Brechdurchfalls, der von hohem Fieber begleitet wird. Eine Woche lang müssen wir drei in unserem gemeinsamen Bett liegen bleiben. Ein Alptraum! Aber nicht nur für uns Kinder, sondern auch für unsere uns pflegende Mutter, die mit der besorgnis-erregenden Häufigkeit und unvorhersehbaren Abruptheit unserer Brechanfälle und Durchfälle schon bald nicht mehr Schritt zu halten vermag.

Einer von uns bedarf ständig ihrer Pflege. Häufig muss sie sich aber um zwei Kinder zugleich kümmern. Manchmal hält sie einem von uns gerade den schweißgebadeten Kopf über dem stinkenden Kübel, während der zweite sich mit vor Schmerz verzerrtem Gesicht im Bett übergibt. Das ver-schmutzte Bettzeug muss ständig erneuert und gewaschen werden. Dabei stehen Mutter zum Bettenüberziehen nur zwei Tuchent- und Polsterüberzüge zur Verfügung. Der Rest der Bettwäsche wurde uns von plündernden Russen in den letzten Kriegstagen gestohlen.

Mit einem einzigen Stück Seife, denn wirksamere Wasch-mittel sind nirgendwo erhältlich, schrubbt Mutter täglich im Schweiße ihres Angesichts in der eiskalten Waschküche das mit Erbrochenem und Kot verdreckte Bettzeug. Dafür hat sie in einem 20 Liter Sauhefen Wasser auf dem Küchenherd erhitzt und in die im Hof liegende Waschküche geschleppt. Zum Schwemmen verwendet sie kaltes Leitungswasser. Danach sind ihre Finger steif und blau gefroren.

Tag und Nacht trocknet frisch gewaschene Bettwäsche am braunen Kachelofen, der unseren Schlafraum nur notdürf-tig wärmt, da durch das Fehlen von Fensterglas die von den Russen zerschlagenen Fensterscheiben durch Pappe oder Bretter ersetzt worden sind. Der dadurch ständig dunkel wirkende Raum muss daher auch tagsüber von einer 25 Watt Glühbirne erhellt werden. Um uns wenigstens im Bett warm zu halten, erwärmt die alte Lenzin Ziegel am Küchenherd, die sie, in alte Tücher gehüllt, in regelmäßigen Abständen unter unsere voluminöse Tuchent schiebt, auf der eine nicht überzogene, schwere rote Steppdecke liegt.

Am Stephanitag wird Dr. Wegerer, unser Hausarzt, aus der Stadt an unser Krankenbett gerufen, wo er lange mit besorgtem Gesicht steht, da er uns keinerlei wirksame Medikamente verschreiben kann, denn die Versorgung der Apotheken mit Medikamenten liegt schon seit Kriegsende im argen. Schließlich rät er Mutter, uns drei bei schwarzem Tee mehrere Tage lang einfach auszuhungern.

Für seine Feiertagsvisite will er aber kein Geld, sondern bittet um Nahrungsmittel. Ein Fleischstück vom Roserl ist ihm sehr willkommen, denn er strahlt übers ganze Gesicht, als er es tief zufrieden in seiner weitbauchigen, schwarzen Ärztetasche verstaut. Mutter und Stiefvater hingegen machen dabei einen nicht ganz so glücklichen Eindruck, und Stiefvater meint gar, als Dr. Wegerer gegangen ist, leicht verärgert. „Den het ma uns deismoi daspoan keina". Und Mutter ergänzt enttäuscht: „Und deis Stickl Fleisch owa r aa."


# Neubeginn

Am Sylvesterabend haben wir Kinder die lästige Krankheit schon fast wieder überstanden. Ich bestehe danach aber nur mehr aus Haut und Knochen, und jede einzelne meiner Rippen ist noch deutlicher sichtbar geworden, was meinen stets sehr um mich besorgten Großvater veranlasst, mich immer häufiger sein „zaudiarr's Krispind'l" zu nennen. Bisher hat er mich meistens liebevoll „Rauwascherl" und „Boblowetsch" genannt.

Am 31. Dezember des Jahres 1945 feiern alle Österreicher den Jahreswechsel im möglichst großen Familien- und Verwandtenkreis. Man hat den Krieg überlebt und erlebt nun den ersten Sylvester im Frieden und in Freiheit. Man feiert zwar in bitterster Armut, aber in der Hoffnung, dass es von nun an nur mehr aufwärts gehen kann. Eine schon seit Jahren nicht mehr vorhandene Aufbruchsstimmung ist in der gesamten Bevölkerung spürbar. So kommt es, dass viele unserer Verwandten aus der Stadt mit ihren Kindern in fröhlicher Stimmung bei Anbruch der Dunkelheit am Bauernhof eintreffen. Wobei bei manchem − zugegebenermaßen − die Aussicht auf ein „gutes Papperl" den Ausschlag zum Kommen gegeben haben mag.

Man fällt einander in der Alltagskluft, mehr besitzt man nicht, um den Hals, den man vielleicht sogar mit Seife gewaschenen hat - wenn man sich in der glücklichen Lage befindet, über einen solchen Luxusartikel zu verfügen − busselt einander mit besonderer Herzlichkeit ab und gibt sich friedlicher und versöhnlicher als je zuvor. Alle verspüren instinktiv, dass wahrscheinlich jeder jeden zum Überleben und Vorwärtskommen noch lange bitter nötig haben wird, auch jene Verwandten, für die man verständlicherweise weniger Sympathie empfinden kann.

Während sich die große Schar der Eingeladenen in der kleinen Küche um den uralten, aus Buchenholz gezimmerten Bauerntisch drängt, tollen wir Kinder ausgelassen durchs Haus, vom nur schlecht beleuchteten Dachboden, wo wir in dunklen Nischen und unter verstaubtem Gerümpel Verstecken spielen, bis zum leeren Stall, wo wir vor den verschreckten Augen unserer einzigen Montafoner Kuh auf den schmalen, mit Holz verkleideten Betonrändern der leeren Futterkrippen übermütig kichernd entlangbalancieren. Zum Lieblingsspiel meiner aus der Stadtzivilisation Gloggnitz kommenden Cousinen und Cousins wird jedoch das aufregende Spiel „Gemma Rozzn schaun im Saustoi", wobei wir die Tür zum Schweinestall ruckartig aufreißen und sofort den Lichtschalter betätigen, während Ratten wie schwarze Schatten die wuchtigen Deckenbalken entlanghuschen. Ein für Stadtkinder einmaliges und durch nichts zu überbietendes Schauspiel, das wir in regelmäßigen Abständen genießen.

Ich bin sehr stolz darauf, meiner verwöhnten Verwandtschaft aus der Stadt ein derartig faszinierendes Silvesterspektakel, eine so aufwändige Silvestershow am Bauernhof bieten zu können. Beim überfallsartigen Vorstoß bilde ich als Bauernbub mit Rattenerfahrung die tollkühne Vorhut. Mir folgt die tapfere Bubenschar, hinter der meine nicht ganz so couragierten Kusinen neugierig durch die Tür des Schweinestalls drängen. Ihr lautes Kreischen geht beim Anblick der ersten Ratte in ein langgezogenes Kirren über, was unsere einzige amtlich registrierte Sau Suleika jedes Mal unwillig aufgrunzen lässt.

Als ich mich gerade wieder einmal als Folge meines noch nicht ganz überstandenen Brechdurchfalls aufs zugige Plumpsklo zurückziehen muss, stürmt meine im Augenblick führerlose Gefolgschaft in die Küche und berichtet den erstaunt aufhorchenden Eltern begeistert von ihrer ersten Begegnung mit Ratten, was meinen darüber verärgerten Stiefvater sofort veranlasst, mit säuerlichem Lächeln aus den beheizten Höhen der Küche in die eiskalten Tiefen des Hofes hinabzusteigen, wo er mir durch die herzförmige Öffnung in der Klotür jeglichen weiteren Umgang mit Ratten im Saustall, und noch dazu in Begleitung unseres Besuches aus der Stadt, verbietet.

Da wir Kinder uns dadurch unserer besten Abendunterhaltung beraubt sehen, drängen wir enttäuscht in die ohnehin schon überfüllte Küche. Als das Durcheinander seinen Höhepunkt erreicht, stellt Mutter zur Entschärfung der Situation eine riesige Einsiederein mit Eintopf auf den Tisch, was die Gemüter von Alt und Jung mit einem Schlag beruhigt. Die vielen im Eintopf deutlich sichtbaren Fleischstücke – ein für jedermann unvorstellbarer Luxus in dieser Zeit bitterster Not – rufen bei allen Anwesenden Überraschungs- und Freudenrufe hervor. Und als Mutter überdies zwei Brotsimperln mit selbstgebackenem Brot auf den Tisch stellt und feierlich verkündet, jeder könne davon nehmen, soviel er wolle, nimmt das Wundern und Loben kein Ende.

Andächtige Stille senkt sich auf den Raum, und eine Zeitlang sind nur Essgeräusche zu vernehmen. Bald ist die Einsiederein fein säuberlich ausgekratzt und kein einziges Stückchen Brot, ja nicht einmal ein Brotbrösel, auf dem Tisch zu sehen. Kurz vor Mitternacht, zu Beginn der Silvesteransprache des Bundeskanzlers, präsentiert Mutter unseren Gästen ihre zweite große Silvesterüberraschung, Roserls gekochten Sauschädel, mit den Worten: „Deis miaßt's owa mit Aundocht ess'n, denn souwos gibt's vielleicht erscht wieda aum next'n Süwösta."

Während Mutter Roserls zierlichen Sauschädel in unzählige glückbringende Fleischstückchen zerlegt, lauschen die Erwachsenen den diesmal optimistisch klingenden Worten des Bundeskanzlers aus dem Radio: „Liebe Österreicherinnen und Österreicher! In wenigen Minuten geht wieder ein Jahr zu Ende. Es ist diesmal kein Jahr schlechtweg, sondern es ist mehr. Es ist ein Zeitalter, das jetzt zu Ende geht; ein Zeitalter, das uns Tod und Zerstörung gebracht hat. Geben wir jedem Glockenschlag ein Gebet mit auf den Weg; ein Gebet um das Geschenk der Harmonie für dieses neue Österreich im neuen Jahr. Harmonie bedeutet Frieden, und Frieden bedeutet Glück. Möge das neue Jahr uns allen des Herrgotts Segen bescheren, damit wir zu dieser Harmonie gelangen. Die kommenden Glockenschläge mögen diesen Segen einleiten und ein Gebet sein des neuen Österreichs für unsere Heimat und für jeden einzelnen unserer Mitbürger."

Mit dem ersten Glockenschlag setzt allgemeines Umarmen und Glückwünschen ein, das bis in die schwungvollen Klänge des Donauwalzers hinein andauert. Anschließend erhält jeder von uns ein letztes Stück vom verblichenen Roserl, das uns im kommenden Jahr Glück bringen soll; und mit verklärtem Gesicht verspeist jeder das symbolträchtige Stückchen Sauschädel. Eher lustlos kaue und lutsche ich an dem fetten, schwartigen Fleischstückchen und bin mir nicht sicher, ob ich es schlucken soll oder nicht. Schließlich spucke ich das in meinem Mund inzwischen unappetitlich aufgequollene Stückchen Roserl doch lieber aus.

Danach scheinen meine Erinnerungen an die ersten Stunden des neuen Jahres 1946 und an den Rest der denkwürdigen Silvesterfeier fast ausgelöscht zu sein, bis auf die Tatsache, dass sämtliche an diesem unvergesslichen Abend Anwesenden, ganz im Gegensatz zur Weihnachtsfeier acht Tage zuvor, hoffnungsvoll und zuversichtlich, sozusagen in positiver Aufbruchsstimmung auseinandergingen. Mit dem Blick nach vorn gerichtet – auf Neubeginn und Wiederaufbau, auf eine bessere Zukunft für uns alle.

# Bekanntschaft mit „Herrn Alkohol"

Obwohl es ein fast unerschöpfliches Reservoir an Burgen-
länderwitzen gibt, die den Bewohnern dieses Bundeslandes
jegliche Intelligenz absprechen, bekenne ich öfter als nötig
und noch dazu voll Stolz, dass ich Burgenländer bin. Ein-
schränkend muss dazu allerdings gesagt werden, dass ich
es nur von Geburt aus bin, denn das Schicksal ließ meine
Eltern schon einige Monate nach dem freudigen Ereignis
meiner Geburt aus dem in einer Ebene liegenden burgenländischen Kittsee in das von Bergen umgebene nieder-
österreichische Gloggnitz übersiedeln, wo ich seither lebe.
Inzwischen bin ich mit den Bergen des Rax-Schneeberg-
Gebietes längst eins geworden, doch hat es mich immer
wieder zu meinen väterlichen burgenländischen Wurzeln
zurückgezogen.

Das erste in meiner Erinnerung verbliebene Wiedersehen
mit meinem Geburtsort und meinen dort ansässigen Verwandten väterlicherseits fand im Februar des Jahres 1946
statt, kurz nachdem die Furie des 2. Weltkrieges über uns
hinweggetobt war und mir meinen Vater und dessen ältesten Bruder, Onkel Joschi, entrissen hatte. Dieses erste Zusammentreffen wurde von den Geschwistern meines in
Russland gefallenen Vaters angeregt, die eine tiefe Be-
ziehung mit meinem Vater verband und infolgedessen am
Wohlergehen ihres inzwischen acht Jahre alt gewordenen
Neffen sehr interessiert waren. Ihr Interesse an mir wurde
aber noch gesteigert durch die Tatsache, dass meine
Mutter zehn Monate, nachdem mein Vater gefallen war, im
Alter von 22 Jahren einen um fast 22 Jahre älteren Bauern
aus der Umgebung von Gloggnitz geheiratet hatte, was von
meinen darüber sehr enttäuschten Kittseer Verwandten mit
tiefem Bedauern und großer Skepsis aufgenommen worden war. Sämtliche Erwachsenen blickten daher dieser

ersten Begegnung nach dem Kriege mit gemischten Gefühlen entgegen, während ich die Vorfreude genoss.

An einem kalten, sehr stürmischen Februartag des Jahres 1946 besteigen Mutter, Stiefvater und ich einen nur aus vier Waggons bestehenden ungeheizten Personenzug, in dem wir auf harten hölzernen Sitzbänken der fernen Hauptstadt Wien entgegenrattern. Der Zug ist infolge der wenigen Züge, die täglich verkehren, so über-füllt, dass die vermummten Fahrgäste nicht nur im Hauptgang, sondern auch in den Abteilen zwischen den beiden Sitzbankreihen dicht gedrängt stehen, was für einen Sitzenden ein Gespräch mit seinem Gegenüber unmöglich macht. Manche Fenster sind noch immer unverglast und mit Brettern vernagelt, was den starken eisigen Fahrtwind in den ohnehin zugigen Waggons noch beißender verspüren lässt. Nach fast dreistündiger Fahrt mit unzähligen Aufenthalten in und zwischen den vielen Stationen erreichen wir den zerbombten Südbahnhof, wo der inzwischen zum Orkan angewachsene Sturm bei unserer Ankunft zerstörte Mauern zum Einsturz bringt, so dass herabfallende Dachziegel und Mauertrümmer beinahe einige Reisende erschlagen.

Nach einer mir endlos scheinenden Weiterfahrt in einem ebenfalls ungeheizten und überfüllten Personenzug, dessen Toiletten aus einem uns nicht bekannten Grund unbenutzbar sind, treffen wir am späten Nachmittag endlich im verwahrlosten Bahnhof von Bruck an der Leitha ein, wo wir in einem eiskalten Wartesaal einige Stunden auf den Anschlusszug nach Kittsee warten müssen. Da auch hier die Toiletten versperrt sind, verrichten sowohl Kinder als auch Erwachsene ihre Notdurft zwischen den halb verfallenen Bahnhofsschuppen. Die hölzernen Wände der Schuppen sind mit stinkendem, feuchten Kot bespritzt, der Boden zwischen den Schuppen mit vertrocknetem und frischem Kot völlig verdreckt.

Nach endlosem ermüdendem Warten steht die kleine Lokomotive des Anschlusszuges unter Dampf, und wir klettern umständlich in einen der drei Viehwaggons, wo nur wenige Passagiere auf einigen Holzbänken Platz finden. Der Rest muss stehen. Dann beginnt die letzte und ermüdendste Fahrt an diesem stürmischen Wintertag. Das Rumpeln, Schütteln und Stoßen will kein Ende nehmen. Als der Zug endlich in Kittsee einfährt, sind alle blaugefroren, sogar die Männer, die während der Fahrt im Stehen unaufhörlich von einem Fuß auf den anderen getreten sind und sich immer wieder ihre steifen Finger durchgeknetet haben. Mit einem letzten Ruck hält der Zug, und kräftige Männerhände ziehen die schweren Schiebetüren der Viehwaggons zur Seite. Jeder von uns springt, so gut er kann, aus dem hohen Viehwaggon in den schmutzigen Schnee, der den einsamen Bahnsteig an der tschechischen Grenze bedeckt. Nicht weit von uns entfernt sind die Schienen von den Tschechen unpassierbar gemacht worden. Wie Skelette ragen ihre aufgekrümmten Eisenteile in den kalten, sternenübersäten Nachthimmel.

Aus dem vereinsamt daliegenden Stationsgebäude treten eine schlanke, fast mädchenhaft wirkende junge Frau und ein älterer Mann mit gedrungenem Körperbau. Sie nähern sich den Ankommenden mit hastigen Schritten. Und dann werden Tante Grete, meine Taufpatin, und Onkel Ernst, der Lieblingsbruder meines gefallenen Vaters, unser ansichtig. Mit einem strahlenden Lächeln stürzen beide aufgeregt auf uns zu, und das Umarmen und „Abbussln" nimmt kein Ende. Mit einer für mich ungewohnten Herzlichkeit werde ich Fliegengewicht wie eine Feder von Onkel Ernsts kräftigen Armen emporgehoben und so innig und heftig zugleich an seinen mächtigen Brustkorb sowie an sein dicht mit Bartstoppeln bedecktes rundliches Gesicht gedrückt, dass mir Hören und Sehen vergeht, was mich sofort daran erinnert, dass mein hünenhaft aussehender Onkel in seinen Jugendjahren Fleischhauergeselle und Amateurboxer war, bis er durch einen Arbeitsunfall mit einem Schlachtmesser sein rechtes Bein verlor und seither mit einer Prothese durch das Leben gehen muss.

Auch Tante Gretes Herzlichkeit steht der ihres Bruders um nichts nach. Ihr Lächeln ist von einer so bezaubernden Scheu, und ihre Augen strahlen so viel Liebe aus, dass ich mich auch zu ihr sofort hingezogen fühle. Onkel und Tante blicken mich immer wieder an und rufen wiederholt erfreut aus, dass ich „gaunz wia da Klemens", also ganz wie mein Vater aussehe. Angeregt plaudernd stapfen wir langsam durch matschigen Schnee dem nahegelegenen Bauernhaus meines Onkels zu. Dabei stemmen sich alle gegen die starken Sturmböen, die mich umzuwerfen drohen. Aber Tante und Onkel haben meine Hände fest erfasst und lassen sie nicht mehr los.

Als wir die einfach eingerichtete, warme Küche betreten, werden wir schon von Tante Hedi, der Frau meines Onkels, und von der Magd Sali, dem guten dienenden Geist des Hauses, erwartet. Tante Hedi ist eine hochgewachsene, hagere Frau mit einer lauten, metallisch hellen, manchmal sogar fast kreischenden Stimme. Die alte, taubstumme Sali, die noch hagerer und knochiger als Tante Hedi wirkt, kann sich nur mit Hilfe von Gebärden und Urlauten verständigen. Sie hat meinen Vater bereits als Kind gekannt und mich als mehrere Wochen altes Baby in ihren Armen gehalten. Als sie mich erblickt, stürzt sie mit ausgebreiteten Armen und unartikulierte Laute ausstoßend auf mich zu, umarmt mich ungestüm, reißt mich empor, küsst mich unzählige Male auf beide Wangen, stellt mich auf den Boden zurück, ergreift rasch meine kleinen Hände und versucht, sich im Kreise drehend, mich durch die Küche zu wirbeln, was ihr jedoch nicht gelingt, da ich mich, verschreckt durch ihren wilden Gefühlsausbruch, dagegen sträube – woraufhin Onkel Ernst und meine Tanten mich aus Salis Händen befreien.

Von der langen Reise ermüdet und von den temperamentvollen Begrüßungen meiner burgenländischen Verwandtschaft erschöpft, versuche ich, mich im Herrgottswinkel zu verkriechen. Glücklicherweise hat sich inzwischen das Interesse aller Mutter und Stiefvater zugewendet, so dass ich gegen einen weichen Polster gelehnt innerhalb weniger Minuten in einen kurzen Schlaf verfalle, aus dem mich lautes Tellergeklapper und das Klirren von Besteck wecken. Als ich meine müden Augen öffne, wird gerade die dampfende Suppe in einem riesigen Suppenhefen aufgetragen. Nachdem wir ihn zur Gänze geleert haben, folgt ein zweiter Gang und nach einiger Zeit zu Ehren unseres Besuches sogar noch ein dritter. Dazu wird süffiger Wein aus dem Keller meines Onkels getrunken, der allen sehr zu schmecken scheint, denn die Gläser werden immer wieder von neuem gefüllt. Schließlich führt Onkel Ernst seine Gäste durch den Weinkeller, der sein ganzer Stolz ist.

Da ich von der langen Fahrt und dem ausgiebigen Essen hundemüde bin, weigere ich mich mitzugehen, und nachdem alle den Raum verlassen haben, sitze ich mutterseelenallein in der stillen Küche. Nur das Ticken einer Uhr ist zu hören. Anfänglich übt die Stille eine einschläfernde Wirkung auf mich aus, doch dann wird meine kindliche Neugier durch die neue Umgebung geweckt, und ich beginne sie zu erforschen. Ein kleiner, an den Rändern erblindeter Spiegel, der über einem Waschbecken angebracht ist, erregt als erstes meine Aufmerksamkeit. Ich stelle mich vor ihm auf und beginne Grimassen zu schneiden.

Asta, Onkels Haus- und Hofhund, hat sich neugierig von seinem Kotzen unter der Kücheneckbank, wo er bisher träge vor sich hingedöst hat, erhoben und nähert sich mir langsam mit wedelndem Schwanz. Aufmerksam, ja geradezu interessiert, beobachtet das Tier einmal mich, einmal mein Spiegelbild. Da habe ich eine Idee. Ich drehe mich um, beuge mich zu Asta hinunter und führe der Hündin mein gesamtes Repertoir an hässlichen Fratzen nochmal vor, woraufhin sie sich mit eingezogenem Schwanz unter dem Küchentisch verkriecht, von wo aus sie misstrauisch das weitere Geschehen in der Küche verfolgt. Tief befriedigt von meinem wirkungsvollen Soloauftritt vor tierischem Publikum sehe ich mich gelangweilt im stillen Raum um. Da fällt mein Blick plötzlich auf Mutters Weinglas, das halbvoll am Küchentisch steht, und der Gedanke überkommt mich, es spaßhalber zu leeren. Gedacht, getan! In einem Zug trinke ich die für meinen kindlichen Geschmack viel zu säuerliche Flüssigkeit hinunter. Sie erinnert mich an Most, den ich am Bauernhof meines Stiefvaters gelegentlich ausprobiert habe, der mir aber noch nie geschmeckt hat. Neben Mutters Glas steht das meines Stiefvaters. Es ist zu einem Drittel gefüllt. Übermütig greife ich danach und leere es ebenso wie Mutters Glas in einem Zug. Seltsamerweise schmeckt der Wein auf einmal nicht mehr so sauer wie zuvor, was mich veranlasst, auch nach dem Glas meines Onkels zu greifen. Nachdem ich auch noch die Gläser meiner beiden Tanten ausgetrunken habe, steht nur mehr Salis Glas ungeleert auf dem Küchentisch. Völlig ungehemmt stürze ich auch dieses auf einen Zug hinunter, und fühle mich danach wie ein Held. Tief zufrieden mit mir und der Welt ziehe ich mich wieder auf mein gepolstertes Platzerl im Herrgottswinkel zurück und blicke von Zeit zu Zeit stolz auf die leeren Weingläser, die verwaist am Küchentisch herumstehen.

Von den Erwachsenen ist noch immer nichts zu sehen und zu hören. So starte ich eben einen zweiten Versuch, meine schauspielerischen Fähigkeiten vor dem Hund zu erproben, diesmal allerdings erfolglos. Asta würdigt mich nicht einmal eines einzigen Blickes – trotz all meiner Bemühungen, meine Grimassen von vorhin noch an idiotischer Hässlichkeit zu übertreffen. Daran ist wohl die bleierne Müdigkeit schuld, die mir vom benebelten Gehirn aus langsam durch alle Glieder kriecht. Andererseits habe ich trotz aller körperlichen Schwere das Gefühl, leicht wie eine Feder zu sein und auf Wolken dahinzuschweben. In diesem Zustand dahindämmernder Schwerelosigkeit werde ich von den zurückkehrenden Erwachsenen angetroffen, deren Stimmung ihren Höhepunkt erreicht hat. Kein Wunder, sie haben sich inzwischen durch mehrere Weinsorten hindurchgekostet. Sie nehmen schon von mir kaum Notiz, und so fallen ihnen die leeren Weingläser erst recht nicht auf.

Als ich einem kleinen Bedürfnis nachgeben möchte und mich dazu auf ein bestimmtes Örtchen begeben will, muss ich verwundert feststellen, dass sowohl mein Gleichgewichtssinn als auch meine Beine außer Kontrolle geraten sind. Die Küchentür ist zwar mein Ziel, ich kann jedoch die Richtung dahin nur schwer beibehalten. Und als ich die Türschnalle erreicht habe, muss ich ungläubig zur Kenntnis nehmen, dass ich mehrere zu sehen vermeine. Welche also niederdrücken? Ich entscheide mich für die erstbeste. Sie erweist sich aber als Fata Morgana. Schließlich fühle ich – sehr zu meiner Beruhigung – doch Metall in meiner Hand. Ich drücke die Schnalle nieder und schwinge mit der Tür in den eiskalten Vorraum hinaus, wo ich auf meinen Knien am harten Boden lande, was natürlich keinem der Anwesenden entgeht. Mutter stellt erstaunt die Frage: „Jo, wos is denn mit dia los?" Ich fühle die Augen aller auf mich gerichtet. Mit ganzer Kraft versuche ich, mich vom Boden zu erheben, was mir jedoch nur sehr schwer gelingt.

Stiefvater, der mir am nächsten sitzt, springt sofort auf und eilt mir zu Hilfe mit der Frage: „Is dia leicht goa schlecht?", woraufhin eine meiner beiden Tanten die Feststellung und Frage zugleich in den Raum stellt: „Da Bua wiad dou net kraunk sei!?" Tante Grete eilt besorgt herbei und stellt, nachdem sie mir eine Hand auf die heiße Stirn gelegt hat, kurz fest: „Da Hubert hot jo Fiawa." Währenddessen hat die taubstumme Sali, hilfsbereit wie immer, aus dem angrenzenden Schlafzimmer ein weitbauchiges porzellanenes Nachtgefäß geholt, das sie erwartungsvoll lächelnd in ihren Händen hält.

Da tritt Onkel Ernst, der die Szene bisher kommentarlos beobachtet hat, rasch auf mich zu, hebt mich hilflos und blöde vor mich hin Lächelnden empor und reibt seine rechte, mit Bartstoppeln bedeckte, raue Wange an meiner linken. Sie fühlt sich wie Mutters Reibeisen an. Sodann stellt er sachlich und zugleich liebevoll, leicht verwundert, aber nicht ohne einen Unterton von Humor in seiner weichen, sonoren Stimme fest: „Da Bua is jo b'soff'n." Allen Anwesenden bleiben für einige Sekunden die Worte weg.

In die Stille hinein stellt er mir schalkhaft zublinzelnd und mich mit seinen hellblauen Augen unverwandt anblickend, leise die Frage: „Host leicht goa mit'n Herrn Alkohol Bekanntschaft g'mocht, während mia olle im Kölla unt'n woan?" Seinen festen Blick erwidernd nicke ich zögernd. „Und jetzt muaßt Lulu? Gö?" fragt er weiter. Nochmaliges verschämtes Nicken meinerseits. „Jo, wos sei muaß, muaß sei", meint er daraufhin verständnisvoll lächelnd. Und fügt noch hinzu: „Waunnst wüst, geh' i mit dia mit und gib dia di Haund." Seine Stimme klingt dabei so überzeugend natürlich und zutiefst menschlich, dass ich sein Angebot gerne annehme.

Onkel Ernst führt mich, der ich in meinem ersten Rausch völlig verunsichert bin, sicher zu jenem Örtchen, dessen ich im Augenblick am meisten bedarf, und während ich drinnen mein kleines Geschäftchen verrichte, höre ich ihn draußen nachdenklich sagen: „Waßt, Hubert, ma mocht im Leb'n vü Bleedheit'n. Waun ma jung is, nou vü mea ois wia r im Oita. Deis is schou amoi sou." Und nach kurzer Pause fügt er hinzu: „Ma muaß nua aufpass'n, daß ma densöb'n Bleedsinn net wiedahuit."

Von der geschäftigen Sali unterstützt, verpacken mich Mutter und meine beiden Tanten sofort in warmes Bettzeug auf einer uralten Ottomane im ungeheizten Schlafzimmer, wo ich augenblicklich in einen traumlos tiefen Schlaf falle, aus dem ich am darauffolgenden Morgen mit brummendem Schädel und entsetzlichem Durst erwache. Es ist schon spät am Vormittag und Zeit, Abschied zu nehmen. Nochmaliges Umarmen und „Abbussln", diesmal jedoch noch gefühlvoller und heftiger als bei unserer Ankunft. Und dann sitze ich wieder – allerdings um einige wesentliche Erfahrungen in meinem jungen Leben reicher – im eiskalten, zugigen Viehwaggon nach Bruck an der Leitha. Die lange und ermüdende Heimreise nüchtert mich endgültig aus.

So ist mir Onkel Ernst das erste Mal in meinem Leben in einer schwierigen Situation hilfreich zur Seite gestanden. Es ist aber nicht bei diesem ersten Mal geblieben. Als ich mit 18 Jahren einen Maturaanzug dringend benötige, was jedoch von Stiefvater und Mutter als überflüssige Geldausgabe angesehen wird, und meine Großmutter den dafür notwendigen Geldbetrag nicht aufbringen kann, steht mir Onkel Ernst erneut als Retter in der Not zur Seite. Und als ich mich als Werkstudent mehr schlecht als recht durchs Leben schlagen muss, unterstützt er mich wiederholt mit kleinen Geldsummen, obwohl er und seine Familie immer in eher ärmlichen Verhältnissen gelebt haben.

Noch heute tut es mir leid, dass ich nicht bei seinem schlichten Begräbnis anwesend sein konnte, da ich gerade auf großer Reise im Nördlichen Eismeer unterwegs war, als er völlig unerwartet starb. So gehe ich – wie viele andere Menschen auch – mit dem Wissen durchs Leben, das Gute, das uns von lieben Menschen im Laufe unseres Lebens erwiesen wird, denselben in viel zu geringem Ausmaß zurückerstatten zu können.

*Der Bauernhof der Familie Rath. Aufnahme aus der Zeit des Zweiten Weltkriegs.*

# Ein Tag wie jeder andere –
# Dahinvegetieren und Überleben

Im Hochsommer 1945 erreicht uns im Nordtiroler Lechtal überraschend die freudige Nachricht, dass Großvater mit dem Gloggnitzer Sanitätswagen die Flucht in die amerikanische Besatzungszone geglückt ist und im oberösterreichischen Bad Hall lebt. Ehestmöglich schließen wir uns ihm an und kehren im September nach Hause in das von Russen besetzte Ostösterreich zurück. Die ausgeplünderte und ausgebrannte Wohnung meiner Großeltern ist, wie bereits berichtet, unbewohnbar geworden und der Rohbau in der Hoffeldstraße noch nicht beziehbar. Sie finden jedoch für einige Jahre Unterschlupf in einem kleinen, sehr feuchten Raum des Hauses Gloggnitz, Hauptstraße 39, wo sie das freistehende, zugige und wackelige Plumpsklo und die in den klirrenden Nachkriegswintern ständig zufrierende Wasserleitung im Hof mit drei weiteren Familien teilen. Infolge der unerträglichen Beengtheit im großelterlichen Haushalt und der lebensbedrohlichen Knappheit an Nahrungsmitteln scheint mein Überleben am Bauernhof meines Stiefvaters erträglicher und gesicherter zu sein; und so werde ich ungefragt ein zweites Mal in meinem Leben in eine von mir instinktiv abgelehnte, lieblose und freudlose Umgebung versetzt, in der Egoismus und materielles Denken dominieren.

Mutter und Stiefvater sind an meiner unerwarteten Rückkehr auf den Bauernhof sehr interessiert, da sie in mir Achtjährigem einen für sie unbezahlt arbeitenden Knecht erhalten, während meine Großeltern einer durch die Notsituation erzwungenen Übersiedlung nur sehr ungern zustimmen, weil dadurch jegliche Einflussnahme auf meine weitere Entwicklung erschwert, wenn nicht gar unmöglich gemacht wird.

Vier Jahre lang, von meinem achten bis zum zwölften Lebensjahr, versucht man mir mit erhobenem Zeigefinger einzureden, dass die Arbeit am Bauernhof das Wichtigste in meinem Leben sei und Gedeih und Verderb des Hofes von meiner völligen Identifikation mit den Meinungen, Zielen und Wünschen von Bauer und Bäurin abhänge – also von meiner restlosen Selbstaufgabe zugunsten von Wertvorstellungen, gegen die mein innerstes Wesen immer stärker rebelliert, je länger ich mit ihnen leben muss. In der Rangordnung dieser Werte stellen die Schule und die mit ihr verbundenen geistigen Aktivitäten nur ein lästiges Übel dar, das notgedrungen akzeptiert wird – ein Übel, das die Gefahr einer geistigen Befreiung und der daraus resultierenden Selbstverwirklichung in sich birgt. Freizeit und Spiel scheinen in dieser Wertordnung erst gar nicht auf.

Jeder Tag beginnt für mich um fünf Uhr früh mit den gleichen im süßlichen Tonfall von meinem Stiefvater mehr gesungenen als gesprochenen Worten: „Huberl! Aufstei! Stoi gei!" Das „Stoi gei" wird in den Sommermonaten durch den nicht weniger eindringlich gesungenen Befehl „Kia hoit'n!" ersetzt. Mit größtem Widerwillen krieche ich aus meinem warmen Bett, das ich mit meinen beiden vierjährigen Halbbrüdern teilen muss, ziehe mir höchst umständlich mein einziges Kleidungsstück, meine abgeschmierte, fettig glänzende Lederhose, an und schlendere barfuß und aufreizend langsam durch den dämmrigen Hof zum Stall; manchmal zu langsam, was meinen Stiefvater veranlasst, die letzte an mich gerichtete Aufforderung, das „Stoi gei" oder „Kia hoit'n", mit einem warnenden und drohenden Unterton zu versehen.

Nachdem ich Dung und Spreu mit einem schweren metallenen Schuber entfernt habe, schaufle ich den stinkenden

Mist in eine für meine Größe viel zu große Scheibtruhe, die ich schwerbeladen auf einem schmalen Brett den Misthaufen hinaufbalanciere. Manchmal entwickelt so ein überladener Karren Eigendynamik, rutscht vom glitschigen Mistbrett und steckt im feucht klebrigen Dreck oder stürzt – trotz all meiner Bemühungen – sich überschlagend den Misthaufen hinunter, so dass ich ihn an seinen mit Kuhdung verschmierten Handgriffen und unter Aufbietung meiner letzten Kräfte wieder auf das schwankende Mistbrett zurückziehen muss. Dabei stecken meine Beine meist barfuß und bis zu den Waden im schmierigen, grünlich-bräunlichen Dreck.

Nach dem Ausmisten reinige ich mühsam meine verdreckten Beine mit eiskaltem Leitungswasser im Hof. Ein karges Frühstück folgt, das aus warmer oder heißer Milch und einigen Schnitten trockenen Brotes besteht. Dann hetze ich im Laufschritt in die Schule. Ich habe ein einziges Jausenbrot bei mir, das jahraus, jahrein mit uraltem, ranzig schmeckendem Schmalz bestrichen ist. Wie beneide ich manche meiner Schulkameraden aus wohlhabendem Haus, die täglich in den Pausen neben mir ihre herrlich duftenden Wurstbrote und Buttersemmeln verschlingen. Im Frühling, Sommer und Herbst gehe ich barfuß – selbstverständlich auch bei Regenwetter. Nur im Winter trage ich Schuhe.

Nach der Schule erwartet man mich möglichst schnell am Bauernhof zur Feldarbeit zurück – eine Erwartung, die ich sehr oft nicht erfüllen kann und auch nicht will, da ich neben der vollen Schultasche in einer Hand auch noch einen schweren Rucksack auf meinem Rücken schleppen muss – mit Einkäufen, die Großmutter am Vormittag in der Stadt für meine Mutter getätigt hat. Langsam, Schritt für Schritt, stapfe ich schwerbeladen wie ein Maulesel dem Hof zu.

Aber eine Hand ist ja noch frei! In ihr halte ich immer ein spannendes Buch. Je spannender das Buch, desto langsamer wird mein Schritt. Den Asinger Hügel hinauf mache ich unzählige Male Halt, um das Beenden meiner Lektüre möglichst lange hinauszuschieben, denn sobald meine kleine Gestalt von den Rath'schen Feldern aus sichtbar wird, muss ich meinen Schritt sofort beschleunigen und meinen besten Freund, mein Buch, verstecken. Wenn ich hie und da darauf vergesse, weil ich in meine aufregende Geschichte zu sehr vertieft bin, werde ich von meinem Stiefvater, der mich stets als erster von den höher gelegenen Feldern und Gärten aus erspäht, bei meiner Rückkehr sofort mit einem vorwurfsvollen Blick und den ätzenden Worten begrüßt: „Host schou wieda g'leisn? Gö? Daß ma dia deis goa net austreiben kau!"

Danach beginnt für mich ein arbeitsreicher Nachmittag, der meistens ohne Unterbrechung in die abendliche Stallarbeit übergeht, bei der mir das Striegeln der Rinder zufällt – was für mich das Unangenehmste von all den Tätigkeiten im Stall ist, da sich der an den Tierleibern verschmierte und angedorrte Dung, der beim Striegeln zu Staub zerrieben und aufgewirbelt wird, überall am menschlichen Körper, vor allem in den Haaren, festsetzt und nur durch ein Bad oder eine ordentliche Dusche entfernt werden kann. Da es am Bauernhof keine Dusche, geschweige denn ein Bad gibt, wasche ich mich in der Dämmerung im Hof mit kaltem Leitungswasser, was mir aber häufig zu unangenehm ist, so dass ich mich nur teilweise und ohne Seife gewaschen ins Bett lege, das natürlich schon nach kurzer Zeit dementsprechend aussieht und dem Aussehen nach auch entsprechend riecht.

Vor dem Zubettgehen gibt's ein einfaches Abendessen und danach... danach? ... Danach muss erst die Hausübung für den nächsten Schultag so schnell wie möglich erledigt werden, denn elektrischer Strom ist teuer. Ich bin viel zu müde, um mich noch konzentrieren zu können, und so bringe ich das lästige Tagesanhängsel im Schnellzugstempo hinter mich, um danach erschöpft ins Bett zu fallen, wo meine beiden Halbbrüder bereits tief und fest schlafen. Schon im Dämmerzustand des Einschlafens suche ich mir noch etwas Platz zwischen den vier mir von der anderen Bettseite entgegengestreckten Beinen meiner Brüder – und erwache jede Nacht das erste Mal, wenn Josef Franz mich wieder einmal ausgiebig bepinkelt. Angewidert vom lauwarmen Urin, der meine nackten Beine bis zu den Knien herauf bedeckt, ziehe ich sie instinktiv ein und versuche, die unangenehm klebrige Feuchtigkeit an den noch trockenen Teilen der Tuchent und des Leintuchs abzuwischen.

Noch während dieser Tätigkeit schlafe ich wieder ein und erwache das nächste Mal, wenn ich mit meinen warmen Beinen auf bereits erkaltete, feuchte Flecken in der Bettwäsche stoße. Erneut ziehe ich meine ausgestreckten Beine sofort wieder ein und verharre im unruhigen Halbschlaf in dieser immer schmerzhafter werdenden Stellung, aus der mich jeden Tag erneut die gleichen Worte um fünf Uhr früh emporjagen: „Huberl! Aufstei! Stoi gei!"

# Die liebe Familie

Mein Leben am Bauernhof ist von früh bis spät mit viel und schwerer Arbeit ausgefüllt, und die plötzliche Umstellung erweist sich für ein Stadtkind wie mich besonders hart. Dabei wäre die neue Situation für mich erträglicher, wenn ich mich in der mir aufgezwungenen Gemeinschaft wohl fühlen könnte und das Gefühl hätte, von meiner Umgebung als Mensch akzeptiert und als Arbeitskraft geschätzt zu werden.

Meine Mutter entwickelt sich aus Freude an der Arbeit, aber auch durch Anpassung an die Wünsche und Vorstellungen ihres Ehepartners in zunehmendem Maße zu einem willigen Arbeitstier und erwartet von jedermann die gleiche Leistung.

Mein Stiefvater, für den Arbeit von Natur aus den höchsten Stellenwert einnimmt, verteilt diktatorisch jeden einzelnen Arbeitsvorgang und duldet keinerlei Kritik. Jeglicher Widerspruch prallt an seiner gewandten Ausdrucksweise, in der ihm alle Familienmitglieder unterlegen sind, und seiner spöttisch-ätzenden Art ab, mit der er jedes Gegenargument lächelnd entwertet. Er weiß einfach immer alles besser als wir. Selbstbewusst und überlegen kritisiert er unaufhörlich sarkastisch bis zynisch jede einzelne unserer Leistungen, und sein ständiges Besserwissen und Nörgeln zerstört langsam unser Selbstbewusstsein und gibt uns allen das Gefühl, ein bedeutungsloses Nichts zu sein. Lob ist ihm fremd. In den Jahren, die ich neben ihm leben muss, erhalte ich niemals auch nur ein einziges Wort der Anerkennung. In meiner ohnmächtigen kindlichen Wut hasse ich ihn dafür, bis es mir allmählich bewusst wird, dass er sein eigen Fleisch und Blut, meine beiden Halbbrüder, genauso behandelt wie mich. Langsam tötet er in mir jegliche Freude an der Arbeit ab, die zwar für mich eine unumstößliche

Notwendigkeit bleibt, neben ihm jedoch zur unerträglichen Qual wird.

Wenn ich an Sonntagnachmittagen nicht mehr arbeiten kann, und auch nicht mehr will, und im Kino Ablenkung zu finden versuche, kann meine jugendliche Mutter noch etwas mehr Verständnis dafür aufbringen als mein mir uralt erscheinender Stiefvater. Ungern, aber doch entlässt sie mich seufzend zu einem der vielen Hans Moser- oder Theo Lingen-Filme mit den Worten: „Waunn'st glaubst, daß' sei muaß. I moch daweu a dei Oawat daham. Owa paß auf, daß ea di net beim Fuatgei sicht!" Zwei Stunden lang genieße ich mein nur scheinbares Losgelöstsein von allem Bedrückenden, auf dem Heimweg jedoch schlägt ein Gefühl der Hoffnungslosigkeit und Hilflosigkeit wie eine mich erstickende Woge über mir zusammen. In gedrückter Stimmung und mit schlechtem Gewissen hetze ich zum Hof zurück.

Bei meiner Rückkehr hagelt es Vorwürfe von meinem erzürnten Stiefvater, Vorwürfe, die unweigerlich zu einem heftigen Streit zwischen ihm und Mutter führen. Mutter, die seinem abstoßenden und stets von einem Lächeln begleiteten Zynismus nicht gewachsen ist, wird in ihrer Hilflosigkeit manchmal gewalttätig und schlägt ihm in ihrer unbeherrschten Wut mit geballter Faust ins Gesicht, so dass er aus Mund und Nase blutet.

Bei uns Kindern weiß mein intelligenter und redegewandter Stiefvater – er ist ein Meister des Wortes – seine Meinung durchzusetzen; und um aussichtslosen Streit mit ihm zu vermeiden – wir haben ja nicht die geringste Chance, uns ihm gegenüber zu behaupten – übernehmen wir automatisch seine Ansichten und Befehle, ohne sie zu hinterfragen. So entwickeln wir uns im Laufe der Zeit zu willenlosen Kreaturen und unkritischen Befehlsempfängern. Diese unablässige geistige Gehirnwäsche beraubt meine Halbbrüder schon in der Kindheit ihrer Fähigkeit, persönliche Entscheidungen treffen und Eigeninitiativen setzen zu können und macht sie zu hilflosen und leicht manipulierbaren Wesen in der Hand eines egoistischen Diktators.

Meine Mutter stemmt sich jahrelang instinktiv gegen die fortwährende Bevormundung und schrittweise Zerstörung ihrer Persönlichkeit durch ihren Ehepartner, bis dieser ihren hartnäckigen Widerstand, ohne dass es ihr selbst bewusst wird, gebrochen hat und sie ihre untergeordnete Stellung, ihm geistig angepasst, kritiklos lebt.

Auch bei mir scheint sein zerstörerischer Einfluss, zumindest anfänglich, erfolgreich zu sein. Glücklicherweise habe ich aber während meines mehrjährigen Aufenthalts bei meinen Großeltern die Chance gehabt, eine völlig andere Welt kennenzulernen, was mir die Möglichkeit gibt, meine neue Umgebung kritischer zu sehen. Zu Beginn nur vereinzelt, dann jedoch immer häufiger, werde ich zum trotzigen Befehlsverweigerer und versuche, die mir falsch erscheinenden Anweisungen meines Stiefvaters entgegen seinen Absichten auszuführen, wobei ich jedes Mal eine Bestrafung riskiere.

Wenn ich aufgefordert werde, die leere Tragtasche eines hungrigen Gloggnitzers, der den ganzen Tag über auf den Rath'schen Feldern schwer gearbeitet hat und dafür in den Nachkriegsjahren nur Nahrungsmittel statt Geld erhält – wenn ich also aufgefordert werde, die leere Tragtasche mit Äpfeln oder Kartoffeln von minder-wertiger Qualität zu füllen, einige wenige Prachtexemplare jedoch, sozusagen als Augenfang, obenauf zu legen, suche ich im Keller die schönsten und saftigsten aus und lege verschrumpelt aussehende Äpfel obenauf, was mir lobende Blicke meiner Eltern einbringt. Freilich werden solche „Betrügereien" manchmal entdeckt, was mir den immer wiederkehrenden

Vorwurf seitens meines Stiefvaters einträgt: „Deis how i eh schou imma g'wußt, daß du net in unsare Famülie einipaßt."

In dieser Zeit des Hungerns wird Milch auf dem Bauernhof zum Höchstpreis verkauft, zuvor jedoch mit Wasser verdünnt, sodass ihr volles Weiß zum milchigen Blau wird, was manch einen darüber verbitterten Milchbezieher zur lakonischen Feststellung veranlasst, der Herr Graf veräußere jetzt sogar schon blaublütige Milch, denn Adel verpflichte eben.

Ein durch nichts gerechtfertigtes, übersteigertes Selbstbewusstsein lässt Stiefvater und Mutter die ärmeren Nachbarn verachten, so dass wir Kinder des Öfteren die Anweisung erhalten, den Umgang mit den Nachbarskindern zu meiden, da wir ja etwas Besseres seien – eine Meinung, die ich Zehnjähriger, schon rein gefühlsmäßig, nicht teilen kann. Und so genieße ich auch weiterhin meine Freundschaft mit Spezi und Schani, den beiden lustigen, um einige Jahre älteren „Ötsch-Buam" vom Nachbarhof, die immer zu Lausbubenstreichen aufgelegt sind.

Als Mutter nach einem Streit mit meinem Stiefvater diesen aus Rache bei der örtlichen Polizei wegen illegaler Schlachtung eines Schweines anzeigt, und Stiefvater für die Dauer einiger Wochen in den Arrest muss, wird Mutter von der empörten Bevölkerung geächtet. So arbeiten Mutter und ich am Höhepunkt der Erntearbeit allein auf den Feldern und versuchen verzweifelt und ohne jegliche Hilfe, die für uns so wichtige Ernte unter Dach zu bringen. Obwohl Mutter und ich täglich vom Morgengrauen bis tief in die Nacht hinein auf den Feldern stehen und uns bis zur totalen körperlichen Erschöpfung abrackern, geht ein Großteil der wertvollen Ernte verloren. Während Mutter das Getreide mit der Hand mäht und auflegt, bin ich wie üblich für die Herstellung der Bänder aus Stroh, das Binden der Garben sowie für das Sammeln und Schlichten derselben verantwortlich. Erst im Dunkel der Nacht führen wir das täglich geschnittene Getreide auf von Ochsen gezogenen Leiterwagen nach Hause. Nach Mitternacht falle ich todmüde ins Bett. Um fünf Uhr früh bin ich schon wieder mit Mutter im Stall. Meine beiden vierjährigen Halbbrüder vegetieren notgedrungen neben uns beiden dahin.

Die zahllosen im Getreidefeld wachsenden Disteln haben meine dünnen Beine beim Binden der Garben von den Schienbeinen bis zu den Oberschenkeln blutig gestochen, da ich bei der Arbeit stets nur eine uralte kurze Lederhose trage. Beide Beine sind knallrot und mit blutroten Tupfen dicht übersät, an vielen Stellen fehlt sogar die Haut. Sie sind fast unerträglich druckempfindlich und brennen wie Feuer. Ihre abendliche Reinigung an der Kaltwasserleitung im Hof und sogar das Zudecken des nachts mit einem leichten Leintuch werden zur schmerzhaften Tortur.

Auch das Ausmisten des Schweinestalls gehört zu meinen Aufgaben am Hof. Barfuß und mit Widerwillen betrete ich den ersten leeren Schweinekoben, der mehr als knöcheltief mit schlüpfrigem Dreck bedeckt ist. Sofort quillt er glitschig weich zwischen meinen Zehen und bis zu meinen Knöcheln empor, was mich große Überwindung kostet, auch meinen zweiten Fuß in den schleimig klebrigen Kot zu setzen. Bei jedem Schritt ist ein schmatzendes Geräusch zu hören. Mit einer viel zu großen Mistgabel, die eigentlich für einen Erwachsenen bestimmt ist, versuche ich den feuchten, schweren Schweinedreck emporzuheben und über den hölzernen Verschlag auf den Mittelgang hinauszuwerfen, was mir als Kind nicht immer gelingt. Manchmal habe ich zuviel Mist auf der Gabel und zu wenig Kraft, um ihn genügend hoch stemmen zu können, sodass er plötzlich das Übergewicht bekommt und auf den Boden zurückplumpst. Und manchmal bin ich so ungeschickt, dass ein Teil davon auf mich fällt und an meiner Lederhose oder meinem nackten Oberkörper kleben bleibt. Heulend vor Ekel und Wut entferne ich die nassen, stinkenden Kotklümpchen, während Ratten, wie dunkle Schatten, die schweren Deckenbalken entlanghuschen.

Geld spielt eine sehr bedeutende – und verhängnisvolle – Rolle am Bauernhof. Es ist immer zu wenig davon vorhanden, und jeder ist gierig danach – sogar meine noch nicht schulpflichtigen Halbbrüder. Stiefvater scheint der einzige zu sein, der stets wenigstens über kleine Beträge verfügt, die er Tag und Nacht immer bei sich hat. Des nachts sogar unter seinem Kopfpolster. Wenn Mutter das ihr zur Verfügung stehende Haushaltsgeld innerhalb kurzer Zeit verbraucht hat, versucht sie mit Hilfe verschiedener Tricks an Stiefvaters Reserven heranzukommen, was ihr häufig gelingt und zu kurzen, heftigen Wortwechseln führt. Stiefvater wiederum versucht, ebenso trickreich wie seine Frau, in den Besitz seines früheren Besitzes zu gelangen.

Und wir Kinder verfolgen interessiert und amüsiert das Selbstbedienungskarussel, das uns von den Erwachsenen vorpraktiziert wird – um es schließlich an ihnen selbst auszuprobieren. Meist erfolgreich, denn keiner der beiden hat bei dem raschen Wechsel seiner Vermögensverhältnisse den genauen gegenwärtigen Stand seiner Finanzen im Kopf. Nach einiger Zeit beginnen auch wir Kinder uns gegenseitig zu bestehlen. Und schließlich bestiehlt jeder jeden. Als meine Halbbrüder sich eines Tages an meiner Sparkasse, einer leeren Schuhcremedose mit Schlitz, vergreifen und sie bis auf den letzten Schilling plündern, leere ich als Revanche die ihren und fülle sie mit Hühnerdreck.

Hilflos muss ich es geschehen lassen, dass das von meinem gefallenen Vater noch zu seinen Lebzeiten für mich angesparte Geld von meinem Sparbuch abgehoben und mit der Gesamtsumme eine Kuh gekauft wird.

Eines Tages kehrt Onkel Franz, der Bruder meines Stiefvaters, aus dem Krieg zurück und fordert den hohen Geldbetrag, den er während eines Fronturlaubes seinem Bruder und seiner Schwägerin anvertraut hat, von diesen zurück. Nach einem heftigen Streit erhält Onkel Franz zwar kein Geld, stattdessen aber Hausverbot. Einige Male noch steht er schreiend und tobend vor dem verschlossenen Hoftor, und einmal versucht er sogar vergeblich, in betrunkenem Zustand das Tor zu überklettern. Daraufhin werden wir Kinder angewiesen, in Hinkunft jeglichen Kontakt mit Onkel Franz zu vermeiden.

Am Sonntag besuchen wir selbstverständlich alle gemeinsam, wie es sich eben gehört, die heilige Messe und werden für Gott und die Welt zur gut bäuerlichen, heilen Familie. Bei diesem Kirchgang muss ich ebenso wie meine beiden Brüder Josef und Franz einen für meine Begriffe hässlichen und mir daher verhassten Trachtenhut mit extrem breiter Krempe tragen, der mich viel zu schmächtig gewachsenen Zehnjährigen wie ein zu kurz geratenes „Schwammerl im Trachtenlook" aussehen lässt. Daher ist meine Stimmung an diesem geheiligten Tag immer sehr gereizt – was meiner Frömmigkeit nicht gerade förderlich ist. Aber Stiefvater besteht Sonntag für Sonntag gerade auf diesem optischen Beweis meiner wenigstens äußerlichen Gleichschaltung mit seiner lieben Familie.

# Ein denkwürdiger Silvesterabend

Der 31. Dezember des Jahres 1947 rückt immer näher, und wieder einmal – wie so häufig – entzündet sich ein schwerer Ehekonflikt in der krisengeschüttelten Partnerschaft meiner Eltern an einem nichtigen Problem, an der Frage nämlich, wie wohl der Silvesterabend am besten zu verbringen sei. Während meine siebenundzwanzigjährige, temperamentvolle Mutter den letzten Abend des Jahres in möglichst großer und fröhlicher Gesellschaft feiern möchte, zieht ihr um 22 Jahre älterer und infolgedessen schon recht ruheliebender Ehepartner es vor, ihn so wie alle anderen zuvor – eben zu Hause – zu verbringen, selbstverständlich am warmen, stählernen Rande des mächtigen, gemauerten Küchenherdes sitzend und von Zeit zu Zeit an einem bauchigen Heferl mit heißem Schnapstee nippend.

Die erregten Diskussionen nehmen an Heftigkeit zu, je näher das freudige Ereignis kommt, um in den Tagen davor in einen fast ständig tobenden Ehekrieg einzumünden, der alles bisher Dagewesene an verbalen Aggressionen bei weitem übertrifft. Keiner der beiden streitsüchtigen Erwachsenen denkt in seinem verbohrten Egoismus auch nur im geringsten daran, Rücksicht auf uns drei Kinder zu nehmen, die wir hilflos der vergifteten Familienatmosphäre ausgesetzt sind und bitter darunter leiden.

Vor allem bekommen die fünfjährigen Zwillinge die unbeherrschte Wut ihrer impulsiven Mutter immer wieder zu spüren, die sie als willkommenes Druckmittel gegen ihren unnachgiebigen Vater benutzt. Geduldig wie wehrlose Lämmer ertragen sie die schlechte Laune ihrer ebenso unnachgiebigen Mutter. Sie tun mir beide leid, und ich sehne ein Ende der unerträglichen familiären Spannungen herbei. Als ich daher von meiner launenhaften Mutter in ei-

*Die Halbbrüder des Autors, Josef und Franz Rath, im Alter von zwei Jahren*

ner momentanen Hochstimmung gefragt werde, wie sie und ich diesen Abend denn wirklich verbringen sollten, schlage ich sofort vor, doch die Einladung einer bekannten Familie in Hart anzunehmen und bitte Mutter zugleich, doch nicht mehr so böse zu meinen beiden Brüdern zu sein. Worauf sie mir lächelnd durchs Haar fährt, erleichtert den von mir instinktiv vorgeschlagenen Kompromiss für gut befindet und mir im warmherzigen Ton verspricht, von nun an besonders lieb zu Josef und Franz zu sein.

Von diesem Augenblick an ist Mutter wie ausgewechselt und nichts deutet mehr auf die wochenlange gegenseitige Zerfleischung der Ehepartner hin – mit Ausnahme des weiterhin mürrischen Verhaltens meines Stiefvaters, der den jähen Stimmungswechsel seiner Frau nicht mit der gleichen Geschwindigkeit nachzuvollziehen imstande ist, und dies auch gar nicht will. Aber Mutter beachtet ihn ab diesem Zeitpunkt nicht mehr und behandelt ihn, als wäre er Luft für sie, was mich in meiner kindlichen Antipathie ihm gegenüber mit tiefer Genugtuung erfüllt. Ich beginne mich auf den Silvesterabend zu freuen – zum ersten Mal seit Wochen; ja, ich sehne ihn und den damit verbundenen Tapetenwechsel aus ganzem Herzen herbei; dass Stiefvater und die Zwillinge allein zu Hause bleiben werden, dieser Gedanke beunruhigt mich nicht im geringsten.

In ausgelassener Stimmung verabschieden wir uns am Silvesterabend von den zu Hause Zurückbleibenden, wobei wir dem noch immer verbissenen Gesichtsausdruck meines Stiefvaters keinerlei Aufmerksamkeit schenken. Die Silvesterfeier bei unseren Bekannten in Hart hinterlässt bei mir einen bis heute unauslöschlichen Eindruck von übermütiger, unschuldiger Fröhlichkeit und befreiender Herzlichkeit. Überwältigt von den zahllosen freudigen Erlebnissen dieses Abends, wandern Mutter und ich eine Stunde nach Mitternacht durch klirrende Kälte und knirschenden Schnee zum Hof zurück. Gutgelaunt plaudernd und lachend erreichen wir das Hoftor.

Es ist nicht nur, wie üblich, versperrt, sondern auch von innen verriegelt. Sofort verstummt unser unbeschwertes Geplauder. Unsicherheit und Angst vor drohendem Bösen legen sich bedrückend wie ein Alptraum auf uns. Rasch klettere ich übers Hoftor und entriegle die Tür von innen. Zögernd steigen wir die bereits brüchigen Steinstufen zur Veranda empor und tasten uns auf Zehenspitzen durch den pechschwarzen Vorraum bis in die Küche, wo eine schwache Glühbirne mattes Licht gibt. Während ich mich auszuziehen beginne, geht Mutter ins dunkle Schlafzimmer, um unser Nachtgewand zu holen. Plötzlich höre ich durch die unnatürliche Stille einige halblaut gesprochene heftige Worte und dumpfe Schläge, denen ein kurzer unterdrückter Aufschrei meiner Mutter folgt.

Mein ganzes Ich verkrampft sich. Atemlos und zitternd vor Angst versuche ich einige zaghafte Schritte auf die Schlafzimmertür zuzugehen, in deren dunkler Öffnung die Umrisse meiner Mutter schemenhaft sichtbar werden. Mit zum Schutz erhobenen Händen und von wuchtigen Fausthieben auf Kopf und Brust getrieben, taumelt meine von mir trotz allem geliebte Mutter mit mir zugewendetem Rücken in die Küche zurück. Ihr anfänglich halblautes Geschimpfe hat sich kurz zum wütenden Geschrei gesteigert, das jedoch sehr rasch in ein weinerliches, fast flehentliches Winseln übergeht, da die Schläge ununterbrochen, fast rhythmisch, auf sie einfallen. Mutter steht zwischen mir und Stiefvater. Daher kann ich zwar sein Gesicht nicht sehen, wohl aber seine hasserfüllte Stimme hören, die unaufhörlich Schimpfworte mit fast bellenden Lauten hervorsprießt.

Wieder hebt er seine Hand zum Schlag; wieder höre ich dumpfes Klatschen. Ohnmächtige Wut ist in mir zehnjährigem Kind, die sich aber zur Raserei steigert, als mein Blick plötzlich auf ein in einer halbgeöffneten Lade liegendes schweres Schlachtmesser fällt. Ich reiße es an mich, hole aus und will es gerade Stiefvater von der Seite her in den Bauch stoßen, als der verzweifelte Blick meiner Mutter zufällig auf die scharf geschliffene Waffe in meiner Rechten fällt. "Naaaaaaaaaaaa!" höre ich noch heute ihren durchdringenden Schrei gellen. Erschreckt halte ich im Stoß inne, während sie blitzschnell mit festem Griff meine kleine Hand packt und mir das Saumesser mit einem einzigen Ruck entreißt.

Schwer atmend und totenbleich starren Mutter und Stiefvater mich fassungslos an. Sekundenlang stehen wir drei wie erstarrt. Keiner spricht ein Wort. Erst das laute Weinen und Schreien der Zwillinge im Schlafzimmer holt uns wieder in die Wirklichkeit zurück.

Noch heute – mehr als ein halbes Jahrhundert danach – denke ich oft an diesen denkwürdigen Silvesterabend zurück und frage mich, wie mein Leben wohl verlaufen wäre, wenn ich damals zugestochen hätte.

# Ausbruchsversuche

Von meinem achten bis zum zwölften Lebensjahr – vier nicht enden wollende Jahre – werde ich gezwungen, wie ein Ochs unterm Kummet im Gleichschritt mit dem restlichen Familiengespann durchs Leben zu trotten, gelenkt und angetrieben von unserem Herrn und Gebieter, der uns – stets mit einem Lächeln auf den Lippen – die Knute fühlen lässt und diese uneingeschränkte Machtfülle über uns genießt. Aber trotz aller Versuche meines Stiefvaters, auch mir seinen Willen aufzuzwingen, gelingt es mir jedoch, meine Identität in ihren Grundzügen zu bewahren und immer wieder – sehr zu seinem Missfallen – aus dem uns langsam und unmerklich zur Gewohnheit werdenden Einheitstrott auszubrechen.

Meine Ausbruchsversuche werden mir durch den Umstand erleichtert, dass ich den Namen meines leiblichen Vaters trage, der mir als eine meiner wenigen Erinnerungen an ihn verblieben ist und mich namensmäßig aus dem ungeliebten Familienverband heraushebt. Stiefvater weiß sehr wohl, dass dies seinen Einfluss auf mich schmälert. Er erachtet diese Gefahr jedoch als unbedeutend, verglichen mit den hohen finanziellen Kosten und unannehmbaren erbrechtlichen Folgen, die eine Adoption und die damit verbundene Namensänderung für den Bauernhof und seine

Erben mit sich brächten. Ja, selbst eine einfache Namensgebung ist meinem Stiefvater zu kostspielig.

In diesen vier Jahren stärken meine ersten großen Erfolge beim Theaterspiel mein kaum vorhandenes Selbstwertgefühl. Der bei uns Achtjährigen sehr beliebte junge Kaplan Greifenberg erkennt als erster mein schauspielerisches Talent, kommt sogar persönlich auf den Bauernhof und bestürmt Stiefvater und Mutter, mir doch zu erlauben, eine Hauptrolle in einem abendfüllenden Weihnachtsstück zu übernehmen. Der Kaplan tut dies, obwohl ich nur sehr selten seine Jungscharstunden besuchen darf, weil ich am Bauernhof als Arbeitskraft meistens unabkömmlich bin. Aber sein Vorschlag schmeichelt Stiefvaters und Mutters Eitelkeit, und so erhalte ich – ausnahmsweise – zwar die Erlaubnis, beim Stück mitzuwirken, jedoch nicht die Zeit, meine Rolle zu lernen, geschweige denn bei den Proben zu erscheinen.

Ohne ein Wort des Vorwurfs taucht kurz vor der Aufführung der Kaplan wieder am Hof auf, studiert mit mir an zwei Abenden den gesamten Text ein und stellt mich – ohne Probe – mit dem restlichen Ensemble auf die Bühne des Hotels Loibl, wo das melodramatische Rührstück „Das Wunderkerzerl" zum überwältigenden Erfolg bei Jung und Alt wird.

Von der ersten Minute an gehe ich völlig in meiner Rolle auf, und ein von keinerlei Massenmedien verwöhntes Publikum lauscht im zweiten Nachkriegswinter ergriffen den dramatischen Vorgängen auf der Bühne. Immer mehr Taschentücher werden im Verlauf des Abends gezückt, immer häufiger wird die andächtige Stille durch geräuschvolles Schneuzen unterbrochen, und sogar in den Augen der soeben erst aus dem Krieg heimgekehrten Männer ist ein feuchter Glanz zu bemerken.

Mein erster Auftritt auf einer Bühne führt zu weiteren bei den damals üblichen alljährlichen Schulschlussveranstaltungen. Besonderes Lob erhalte ich für meine Rolle als wankelmütiger Bauer in der dramatisierten Fassung von Peter Roseggers Erzählung „Der Regenschirm". Als dasselbe Stück unter der Leitung meiner Russischlehrerin, Frau Dr. Sonneck, auch in russischer Sprache aufgeführt wird, ist meinem russisch sprechenden Bauern aus der Steiermark die Bewunderung aller sicher. Man klopft mir überall anerkennend auf die Schultern – ich bin ausgehungert nach Lob. Keinem dieser Menschen wird es damals bewusst gewesen sein, wie sehr mir dies geholfen hat, einen anderen Weg einzuschlagen als den von meinem Stiefvater mir vorherbestimmten.

Doch meine schauspielerischen Erfolge werden meistens von meinen tristen familiären Erfahrungen überlagert, und so flüchte ich, so oft ich kann, aus der Trostlosigkeit meines häuslichen Daseins in die alles ermöglichende Weite meiner Fantasie, und werde für die Dauer des Schulweges zum von Liane zu Liane schwingenden, Urlaute ausstoßenden Tarzan oder zum eleganten Frauenliebling und Abenteurer Stewart Granger. Und ich erfinde für meine kurzen Ausflüge ins Reich der Irrealität mein eigenes aufregendes Drehbuch, ja sogar meine eigene schwülstig melodramatische Filmmusik. Und ich suche mir in meinen pubertären Tagträumen auch die für die jeweilige Rolle geeignetste Partnerin aus.

In von mir erfundenen und in meiner Fantasie von der Presse umjubelten Filmerfolgen wirkt – anfänglich – Cza Cza Gabor, das mich durch seine überdimensionalen Körpermaße zutiefst beeindruckende ungarische Busenwunder aus Hollywood, mit, auf deren Mitwirkung ich jedoch schon bald verzichte, da mir ihre geistigen Dimensionen denn doch um einige Nummern zu klein erscheinen.

Einige Male habe ich mich – im Verlauf meiner erträumten sensationellen Filmkarriere – sogar von der Göttlichen Garbo küssen lassen. In den erdachten Liebesszenen hat dieser nordische Frauentyp – auf mich jedenfalls – die „erregende" Wirkung von Baldrian gehabt. Und so wendete ich mich sehr rasch anderen Filmschönheiten zu.

Die zarte, hilflose Jean Simmons mit ihrem damenhaften Auftreten und unschuldig koketten Lächeln wird von mir besonders oft aus den abenteuerlichsten und haarsträubendsten Situationen gerettet. In einem meiner gefährlichsten Filmabenteuer kämpfe ich, meine große Liebe Jean in meiner starken Linken haltend und meinen spitzen Degen in meiner zielsicheren Rechten, todesmutig den Weg frei – aus düsterem Burgverlies eine endlose, schwindelerregende Wendeltreppe empor, an zahllosen finster blickenden Bösewichtern vorbei, bis ich aus unzähligen Wunden blutend den rettenden Sprung von der höchsten Turmspitze wage – in einen tiefen, pechschwarzen See – mit meiner inzwischen aus Angst ohnmächtig gewordenen Jean.

Langsam versinkt in der von zart anschwellender Geigenmusik begleiteten Schlussszene der feurige Sonnenball in den stillen Fluten, während mich meine soeben aus Feindeshand errettete große Liebe Jean mit Tränen der Dankbarkeit in ihren unschuldigen Rehaugen hold anlächelt, an ihren wohlgeformten wogenden Busen drückt und küsst ... Wie oft habe ich diese bewegende Szene in meiner pubertären Fantasie wiederholt.

Leider sind diese mich alles um mich herum vergessen lassenden Tagträume stets nur von kurzer Dauer. Rasch werde ich wieder auf den harten Boden der Realität zurückgeholt.

Bücher erweisen sich in der Zeit meines vierjährigen Aufenthaltes auf dem Bauernhof als häufigste Fluchtmöglichkeit in eine andere Welt – und als meine beständigsten Freunde. Denn meine wenigen Schulfreunde sind als Spielkameraden nicht willkommen am Hof, es sei denn, sie beteiligen sich an der Arbeit. Zwar sind Bücher bei meinem Stiefvater ebenso unbeliebt, ich schmuggle sie jedoch, anfänglich erfolgreich, in meine Kammer, wo ich sie so lange gierig nach dem Zubettgehen mit einer Taschenlampe unter der Steppdecke verschlinge, bis Stiefvater, misstrauisch geworden durch mein häufiges Verschlafen am Morgen, mein Geheimnis entdeckt und mir die Taschenlampe wegnimmt.

In meiner verwahrlosten Kammer steht aber eine uralte Stehlampe aus Messing, die zur Gänze unter Strom steht, sobald sie angesteckt ist. Will ich sie an- oder ausknipsen, muss ich wohl oder übel einen Stromschlag in Kauf nehmen. Da meine Freude am Lesen jedoch größer ist als meine Angst vor dem widerlichen Gebeuteltwerden, nehme ich dieses Risiko gerne auf mich und erlebe täglich zwei Stromschläge vor dem Einschlafen. Fast zwei Jahre lang bleiben meine geheimen nächtlichen Leseorgien unentdeckt, bis eines Tages die Sicherung von meinem Stiefvater kommentarlos entfernt wird.

Eine Zeitlang gelingt es mir, in meiner Unterhose Lesestoff heimlich auf die Weide hinauszuschmuggeln. Als aber die Ausbrüche der mir anvertrauten Kühe in die Felder der verärgerten Nachbarn an Häufigkeit zunehmen, unterzieht mich Stiefvater täglich erst einer Leibesvisitation, bevor ich den Kühen durchs Hoftor auf die Weide folgen darf.

Bei meinen nicht immer erfolgreichen geistigen Ausbruchsversuchen sind mir die um einige Jahre älteren „Ötschbuam", Spezi und Schani, behilflich. Es sind die Söhne des benachbarten Bauern und meine einzigen Freunde im Graben. Durch sie mache ich Bekanntschaft mit den aufregenden Abenteuergeschichten Karl Mays. Mit vor Aufregung roten Ohren galoppiere ich mit dem trickreichen Kara Ben Nemsi und dem listigen Hadschi Halef Omar durch die Wüsten Asiens und durchstreife die endlosen Prärien Nordamerikas mit Winnetou, dem edlen Apachenhäuptling, und seinem unbesiegbaren weißen Freund Old Shatterhand. Selbst aus den gefährlichsten Situationen gehen „wir" stets siegreich hervor, wir, die wir für Recht und Gesetz eintreten. Meine glühende Verehrung gilt jedoch Winnetou.

Im Sommer 1946, am Beginn der Erntezeit, gerät der erste Band der Winnetou-Trilogie in meine Hände, und bis zum Ende der arbeitsreichen Ernteperiode habe ich mich bereits – bei überlangen Sitzungen auf unserem unbequemen hölzernen Plumpsklo, von zahllosen unappetitlichen Fliegen umschwärmt – bis zum letzten der drei Bände hindurchgelesen. Die Spannung hat ihren Höhepunkt erreicht. Mir fehlen nur noch die Schlusskapitel, als das Dreschen mit seiner Hektik einsetzt. Drei Tage lang muss ich Schwerarbeit leisten, von 7 Uhr früh bis 8 Uhr abends – mit nur kurzer Mittagspause – beim schweißtreibenden Heranschleppen der schweren Getreidegarben in dichten Staubwolken.

Am Nachmittag des dritten Tages jedoch wird mir die Ungewissheit über das Schicksal Old Shatterhands und Winnetous unerträglich. Um wenigstens für die Dauer eines einzigen Kapitels genügend Ruhe zu finden, gebe ich mit weinerlichem Gesichtsausdruck vor, fürchterliches Bauchweh zu haben und begebe mich im Laufschritt in die angenehme, staubfreie Stille meiner geistigen Zufluchtsstätte – im Plumpsklo, wo ich das heißersehnte Buch hinter einem lockeren Brett versteckt habe. Auf dem hölzernen Deckel über dem stinkenden Loch sitzend, ohne meine verdreckte und verschwitzte Lederhose hinunterzulassen, wofür mir jeder Augenblick viel zu kostbar ist, beginne ich unverzüglich mit der spannenden Lektüre.

Winnetou und Old Shatterhand sind soeben dabei, unschuldige Gefangene aus den Klauen eines blutrünstigen feindlichen Indianerstammes zu befreien. Vor dem blutigen Kampf wird der Apachenhäuptling von Todesahnungen heimgesucht, aber Old Shatterhand und „ich" wissen, dass Winnetou auch diesmal wieder – so wie immer – das wildeste Gemetzel überleben wird. Plötzlich blitzen unerwartet feige Schüsse aus einem gemeinen Hinterhalt auf, und von einer tödlichen Kugel getroffen, taumelt mein Idol zu Boden. Von unbändigem Grimm übermannt, streckt daraufhin mit jeweils nur einem Schlag seiner Wunderfaust Old Shatterhand gleich mehrere heranstürmende tomahawkschwingende Feinde nieder.

In der Aufregung des mörderischen Kampfgewühls habe ich völlig überhört, dass Stiefvater meinen Namen schon mehrere Male mit immer größerem Nachdruck gerufen hat. Da kein Lebenszeichen von mir aus dem Plumpsklo kommt und er selbst unabkömmlich bei den Drescharbeiten ist, schickt er einen Knecht nach mir aus. Als dieser laut meinen Namen rufend an die Klotür trommelt, liegt Winnetou gerade sterbend im Schoße Old Shatterhands, bereit zu Manitou in die ewigen Jagdgründe einzugehen. Von unendlichem Schmerz überwältigt, stammle ich mit tränenerstickter Stimme durch die verriegelte Holztür hindurch: „I hob sou Duachfoi!" und füge schluchzend hinzu: „Und schlecht is mia a", worauf mich der Knecht in meinem heulenden Elend allein zurücklässt und sofort in den Stadel eilt, wo er Stiefvater über den letzten Stand der Dinge am Plumpsklo hastig berichtet, worauf dieser eilig Mutter ausschickt, die plötzlich vor der Klotür steht und laut Einlass begehrt, während die von Winnetou befreiten Gefangenen soeben den letzten Wunsch des Sterbenden erfüllen und ein herzerweichendes Ave Maria singen – und noch dazu mehrstimmig – mitten in der Wildnis der Rocky Mountains.

Hemmungslos vor mich hinplärrend reagiere ich nicht auf ihre wiederholten Bitten, doch endlich „d'Heisltia aufz'moch'n". So ruft sie gezwungenermaßen ihren darüber sehr ungehaltenen Ehegemahl zur Unterstützung herbei, was ein sofortiges Abschalten der Dreschmaschine und das bezahlte Nichtstun von fünf Dreschhelfern zur Folge hat. Verärgert darüber eilt Stiefvater zum Tatort Plumpsklo, wo der gemischte Gefangenenchor soeben die letzten Worte des tränentreibenden „Ave Maria" gesungen hat und der edle Wilde, mild zu den Sternen emporlächelnd, mit schwindenden Kräften zum allerletzten Mal „Lebt wohl" flüstert – und stirbt!

Das Trommeln von ungeduldigen Männerfäusten an der Klotür katapultiert mich mit einem Schlag vom Totenbett Winnetous auf mein stinkendes Loch zurück. Geistesgegenwärtig, immer auf der Hut vor dem Feind, wie Winnetou, lasse ich augenblicklich die Hose hinunter, bevor ich den hölzernen Riegel zurückschiebe und tränenüberströmt im Türrahmen stehe – das verkörperte heulende Elend. Selbst Stiefvater bleibt bei meinem Anblick jedes böse Wort in der Kehle stecken.

Sofort werde ich von Mutter ins Bett gesteckt, um „Durchfall" und „Übelkeit" möglichst rasch in den Griff zu bekommen, was mir völlig unerwartet für den Rest des Nachmittags Gelegenheit gibt, mit meinen beiden treuen Freunden Kara Ben Nemsi und Hadschi Halef Omar mehrere Kapitel lang siegreich durchs wilde Kurdistan von Bagdad nach Stambul zu reiten.

# Die Entscheidung

Trotz meiner Schulerfolge und der verzweifelten Bemühungen meiner Großmutter, mich eine höhere Schule besuchen zu lassen, werde ich von Stiefvater und Mutter nach dem Abschluss der Volksschule nicht ans Neunkirchner Realgymnasium, sondern an die Hauptschule Gloggnitz geschickt, denn Stiefvater hat andere Pläne mit mir. Er benötigt einen unbezahlten Knecht am Hof. Unter meinen Hauptschullehrern erweist sich aber einer als besonderer Förderer meiner Interessen und Begabungen. Der junge, drahtige, uns Schüler durch militärische Zucht und Disziplin zutiefst beeindruckende Hans Vogler. Bald finde ich heraus, dass auch Stiefvater ungeheuren Respekt vor ihm hat, was ich zu meinem eigenen Vorteil nütze.

Immer öfter gebe ich vor, mehr schriftliche Hausaufgaben zu haben als dies wirklich der Fall ist. Nur murrend und schimpfend entlässt er mich zu meinen täglichen Hausübungen. Wenn er aber droht, er werde sich demnächst bei meinem Klassenvorstand und Deutschlehrer Hans Vogler erkundigen, ob ich denn wirklich so viel für die Schule zu Hause arbeiten müsste, antworte ich mit klopfendem Herzen, aber keck, er könne ruhig Herrn Fachlehrer Vogler fragen, der werde ihm schon seine Meinung sagen. Mit diesem billigen Trick erschwindle ich mir mehr Atempausen von der Arbeit am Hof, und die dadurch gewonnene Freizeit verwende ich zum Lernen und Lesen.

Als ich anlässlich eines Besuches unseres Bundespräsidenten Dr. Karl Renner in Gloggnitz von meinem schulischen Gönner und Förderer Karl Hulka dazu ausersehen werde, gemeinsam mit meiner gleichaltrigen Schulkollegin Philomena Buchhas ein langes Gedicht vorzutragen, bin ich überglücklich, vor allem auch darüber, dass ab diesem Zeitpunkt schlagartig die von Stiefvater angedrohten Beschwerden ausbleiben.

Trotz aller bisherigen Fehlschläge gibt Großmutter ihren verzweifelten Kampf um mein Studium nicht auf und kann im Verlauf von zwei Jahren sogar bedeutende Mitstreiter für ihre und meine Sache gewinnen – meine Hauptschullehrer und vor allem die Direktorin. Da Stiefvater jeglichen Kontakt mit der Schule meidet, was mir sehr zum Vorteil gereicht, schleppt Großmutter meine Mutter von Lehrer zu Lehrer, die sie, den Vormund eines soooo begabten Kindes, bestürmen, mich doch an eine höhere Schule zu schicken, was Mutters Eitelkeit schmeichelt. Nach diesen erfolgreichen Eröffnungsattacken setzt Großmutter mit Hilfe der mir sehr wohlgesinnten Direktorin zum Sturmangriff auf die anscheinend unbesiegbare Festung an.

Ein „rein zufälliges" Zusammentreffen zwischen meiner Mutter und Frau Direktor Endres wird anlässlich einer Schulfeier geschickt arrangiert, bei dem die überaus diplomatisch agierende und wortgewandt argumentierende Frau Direktor in einem fast halbstündigen Monolog meine Mutter davon überzeugt, sie habe ohnehin nie etwas anderes im Sinn gehabt, als mich studieren zu lassen.

Der Zufall will es, dass diesem für mich so schicksalsschweren Gespräch ein heftiger Streit zwischen Mutter und Stiefvater vorausgegangen ist. Mutter weiß sehr wohl, dass sie als mein Vormund das alleinige und uneingeschränkte Bestimmungsrecht über meine Zukunft hat und dass sie nun mit ihrer folgenschweren Entscheidung die Pläne des ihr seit langem verhassten Ehemannes durchkreuzen kann. Eine jahrelang bevormundete, schon fast willenlos gewordene Frau versucht verzweifelt, ihren Willen ein einziges Mal noch ihrem dominierenden, stets sarkastisch lächelnden Partner aufzuzwingen – und triumphiert über ihn. Wahrscheinlich das letzte Mal in ihrem Leben.

Sie beendet damit meine vierjährige Isolierhaft in einer Atmosphäre von Lieblosigkeit, Freudlosigkeit und seelisch-geistiger Unterdrückung, öffnet die Tore meines Gefängnisses – und ermöglicht mir dadurch den Weg ins Studium und in eine bessere Zukunft.

Dafür bin ich meiner Mutter heute noch dankbar.

Robert Harsieber

**Quantenlogik und Lebenswelt**

Wege zu einem neuen Denken

308 Seiten, geb., Broschur
Euro: 24,90 EUR
ISBN: 978385052-399-8
Ibera Verlag / European University Press 2021

In der Quantentheorie wurde der europäische Denkrahmen überschritten – was aber noch nicht in ein allgemeines Weltbild eingegangen ist. Das vorliegende Buch ist der Versuch, das durch die Quantentheorie notwendig gewordene Denken auch auf andere Gebiete anzuwenden.

Robert Harsieber, geboren 1950 in Weissenbach/Gloggnitz, studierte in Wien Philosophie und Psychologie und arbeitete als Journalist für Fachmedien im Bereich Wissenschaft, Wirtschaft und Medizin.

Er ist Autor von „Das neue Weltbild (1988) und „Jenseits der Schulmedizin" (1993) betreibt eine philosophische Praxis in Wien und ist Vorstandsmitglied der C.G. Jung Gesellschaft in Frankfurt.

www.robertharsieber.net
http://www.philopraxisrh.at/
http://welt3bild.wordpress.com/
http://brueckenbau.wordpress.com/
https://harsieberverst.wordpress.com/